壮途の青年と翼賛の少女

田畑　農耕地
TABATA Nokochi

文芸社

目次

プロローグ　7
1　変容の山荘と救済の徒党　21
2　秘密の抵抗と純金の花弁　86
3　夕焼の記憶と終幕の半鐘　173
エピローグ　281

一人じゃ何もできない。
そこに誰かがいれば。
あるいは。

プロローグ

放課後の教室。最前列かつ窓際。これ以上なく読書に適した席で、僕は手元の新書に目を落としていた。開け放たれた窓からは、春の穏やかな南風とともに甘い香りが漂ってくる。園芸部が、また何か新しい花でも育てているのだろうか。

活字の海から視線を外し、茶色くしおれた桜の花びらがまだぽつぽつと散らばる少し気だるげな校庭を眺めていると、短いノイズに続いて校内放送が流れ始めた。

「部活動の終了時刻です。延長届を出していない部活動に所属している生徒は、活動を終了して帰宅してください。繰り返します……」

黒板の上の時計を見る。気がつけば、放送の主の言う通り帰宅する時間だった。いつの間に。僕は、本を読んでいるとついつい時間の流れに対する意識が薄くなってしまう。ともかく、僕の所属する文芸部は延長届など出していないし出す理由もないので、早く帰らなければならない。

僕が本を閉じると同時に、背後で一斉に雑多な物音が響き始めた。椅子を引く音。カバンに物をしまう音。くっつけていた机を元の並びに戻す音。他の部員達は皆《みんな》思い思いに、他愛のない会話を弾ませながら部屋を出て行く。

文芸部には、活動開始の合図も終了の合図もない。それは別に、部員全員が気心の知れた仲間で堅苦しい礼儀を気にしなくて良いとか、そういう青春薫る意味を持った事実ではなかった。単に、共通の目的やまとまった活動方針がないことが表れているだけなのだ。文芸部と聞けば、普通のところでは文集やフリーペーパーの発行、そこまでの勢いがなくともせめて読書会や本の感想の共有なんかはしているのだろうと想像できる。今から一年と少し前、まだピカピカの新入生の、中学校にはなかった文芸部という空間に淡い期待を抱いていた頃の僕もそう思っていた。読書こそすれ、執筆の方には興味のない自分が上手くやっていけるかどうかなどと、真剣に心配もした。しかし入部してすぐ、この高校の文芸部はどうも違うらしいということに気づいたのだ。

どの部員も文章など書かない。読みもしない。活動中、教室内で本そのものを滅多に見かけないのに加え、本に関する事柄を話している生徒もあまりいない。それなら一体何をしているのかと言えば、皆他愛のない会話を弾ませているのである。やれあのテレビ番組がどうだったとか、この新しいカラオケ屋がすごいだとか、何それちょーヤバくないだとか、んじゃこれから行こうぜだとか。教室に集まる三、四十人の部員達は大体数人ずつのグループに分かれ、それぞれ時間を過ごしている。自由に、賑やかに、楽しそうに。ここが文芸部だという観点から見ればややおかしな光景ではあるが、おそらくこれがここの風土なのだろう。風土なら、もう僕にそれ以上言えることはない。

「おい。これからボウリング行くけど、お前らも来る?」

「ちょっと待て。このパーツを接着したら……」

「また工作遊びか。さっさと終わらせろよ」

「遊びと言うな、遊びと!」

各々が勝手に振る舞っているとなれば、部活動として集まる意味はない。にもかかわらず、文芸部にこれだけ多くの生徒が所属し出席している理由が何となく分かってきたのは、部の実態を知ってからさらに数ヶ月が経った後だった。

「それなら、おれも行くよ」

「インテリイケメン様も参加か。楽しくなりそうだ」

「わたしもわたしもー!」

「お前はなぁ……。またレーン壊すなよ?」

「こっ、壊さないよ! あれはちょっと力加減ミスっただけだから!」

普段は気ままにそれぞれの小さな輪の中で過ごす部員達は、しかし全体でも一つのおぼろげな輪を作っているらしい。放課後に多くの生徒がどこかへ遊びに行くが、そのときもこうして小さな輪同士が繋がり大きな輪を作る。長期休みには、大人数を集めて合宿という名の観光旅行を行うのも通例のようだ。つまるところ彼ら彼女らは、そういう価値をこの文芸部に見出しているのだろう。みんなで集まりみんなで楽しむ、その場としての価値を。

背後から人の気配が消え喧騒が遠ざかっていくのを感じ、僕はもう一度窓の外を見やった。濃いオレンジ色に染まった空が思ったより眩しく、目を閉じる。だがそれはあまり意味がなかった。夕焼けの光は強すぎて、まぶた程度では遮ることができない。サングラスが欲しいと考えかけ、目を逸らせば良いということに思い至る。僕は文庫本をリュックサックの中へ放り込み、緩慢な動作で立ち上がった。

「すみません」

背後から、やや控えめながらもはっきりとした口調で声を掛けられる。まだ誰かが残っていたのか。少し面食らいながらも振り返った。

「二年の街端路人《まちばたみちひと》先輩……で、よろしいでしょうか」

頭の先が僕の口元に届くか届かないかくらいの、小柄な女子生徒が立っていた。夕陽に照らされたその子の顔は、端的に言って無表情だった。真っすぐな深い黒色の髪はおかっぱ――何だろう、よく知らないけれど今時はボブと言うんだったか――に仕上げられ、白い肌や背の低さと相まって、華奢な日本人形のような印象をもたらしている。しかし、こちらをじっと見据える大きな黒目がちの瞳だけは、無感動な表情にも人形のイメージにも全く似合わないものだった。

「あの……？」

女の子は微かに首を傾げた。眉の上で横一文字に切り揃えられた前髪と、首を隠しつつ背中には触れない長さに下ろされた後ろ髪が静かに揺れる。だが、その間も女の子の表情だけは一切変わらなかった。

「え、ええと。そうだけど、な、何かな」

一瞬、言葉がつっかえる。授業終わりのホームルームでさようならと言って以来、何も言葉を発していなかったことに気づいた。

「あと、申し訳ないけど部員の顔を覚えきれていないんだ。君が誰なのか教えてもらえると……」

厳密には違った。僕は他の部員達の顔を活動の度に見ているにもかかわらず、その中に顔と名前が一致している生徒は一人もいないからだ。覚えきれていないどころの騒ぎではない。

女の子はしまったという感じで若干目を見開いたが、すぐに浅く一礼し話を続けた。丁寧な動作だ。

「すみません。私は一年B組の冷海瑞《ひやうみみず》といいます。前回の活動から参加させてもらっています」

聞いていて心地良い、平静ではきはきとした話し方だ。ただ表情が動かないので、どこか冷たい雰囲気も漂わせている。しかしなるほど、新入部員か。それならなおさら知っているわけがない。

そう結論づけかけたところで、しかし、僕は一つだけ思い当たる節があることに気づいた。

「もしかして、後ろで本読んでた？」

その女の子――冷海さんは、再び若干目を見開いた。もともと大きい目が一層広がる。痛くないのだろうか。

「はい。気づきましたか？」

今日、ホームルームを終えてこの教室に来たとき、最初に目に入ったのが冷海さんの姿だった。まだ他に誰も来ていない教室。一番後ろの机で、食い入るように本を読んでいた。僕が扉を開けても微動だにしなかったので、じろじろ見るのも悪いと思い、急いで横を通り過ぎたのだ。

「うん。珍しかったからさ」

「何が珍しかったんですか？」

冷海さんが鋭く訊いた。その質問に対して答えることは特に良くないことでもないのだが、その素早い追及に自分がいささか気圧されるのを感じた。

「もちろん、本を読んでいたことが、だよ。ここでは本を書く人どころか、読む人すらほとんどいないからね」

「先輩の言う通り、私の同学年の知り合いにもほとんどいません。でも、ここは文芸部ですよね？」

言いつつ、冷海さんは眉間に薄くしわを寄せて目を瞬かせる。

「それはそうだけども、この文芸部は多分そういう場所じゃないんだよ。確かに誰も本は持っていない。だけど、その代わりに色々なことをしてる。友達と交流したり、遊びの予定を立てたり。学生にとって必要なことだよ」

「そういうものですか。しかし、街端先輩はそういうことをしないみたいですね」

冷海さんは無表情だ。

「……」

普通、初めて話す相手にそういうクリティカルな言葉をぶつけるだろうか。僕は冷海さんの度胸に脱帽する。何て人なんだ。

「まあ、ね」

どう返して良いやら分からなかったので、一言発してとりあえず頷く。できるだけ重々しくしたつもりだ。

そんな僕の態度をどう受け取ったか、冷海さんは短く頭を下げた。

「すみません。そういうつもりではなかったのですが」

どういうつもりではなかったと言いたいんだ。まあ何となく想像はつくけれど。

「街端先輩は活動中ずっと本を読んでいますよね。読書は好きなんですか？」

「好きだよ。だから文芸部に入った」

「ですが、この文芸部は読書好きな人にとってそれほど価値があるようには見えません。それでも部に留まっていたくなるものでしょうか」

もっともだ。そう感じるのも無理はない。僕も一時は辞めようか迷っていた。

「ほら、うちの高校は部活動全入制じゃないか。わざわざ退部してさらに転部先を考えるのも、なかなか大変だし。慣れればこの部屋で本を読むくらい苦じゃない」

文芸部を出たからといって、それからどこか別の部に入る自分は想像できなかった。そもそも退部のため顧問の先生に書類を提出したりといった手続きが面倒で、その時点で諦めてしまったのだが。

「では、他の文芸部員の皆さんも、きちんと本に関係する活動をするべきだとは思いませんか？」

「あまり思わないかな」

大きな黒い目が、今度は少しだけ細められる。

「どうしてでしょうか？」

「何と言うか……文章を読んだり書いたりする作業は、優先度が低いじゃないか」

「意義に欠けるということですか?」

冷海さんの声色にはうっすらと不信感が混じっているような気がした。

「いや、ごめん、言い方が適当すぎた。つまり、人数の問題なんだ。文章を読んだり書いたりする作業は一人でもできる。でも、誰かと交流したり遊んだりするのは一人じゃできない。より限られた状況でしか実行できないのは後者だ」

瞬間、顔色一つ変えず僕の目を覗き込んでいた冷海さんの瞳の中で、何かが小さくきらめいた。意識が自分の話している内容から離れ、口が止まる。

「先輩、続けてください」

「あ、うん。とにかく僕が思うのは、他の人がいないとできないことを優先するのも一理あるんじゃないかってこと。人間一人でいたところで、静かに本を読むくらいで特に何ができるってこともないし。仲間や協力は大事だよ」

「一人でいたところで何ができるわけでもない、ですか」

「特に僕なんてそうだね。才能も特技もまるでないし、特別な趣味もない。一人じゃ積極的なことなんて何もできやしないよ」

僕はわざとらしく笑う。どうして笑ったのかは自分にも分からなかった。

「街端先輩は、あまり自分に自信が持てない人なんですね」

「……」

冷海さんはやっぱり無表情だ。

何だろう。実は心の中で僕を嘲笑っているのかもしれない。すっかり翻弄されている気分だった。

「そういうつもりでは」

「いや、もう良いから……」

またも謝りかける冷海さんを押しとどめ、僕は台詞を繋ぐ。

「確かに今の意見は、僕の性格によるところもちょっと入ってたかもしれない」

当然、ちょっとどころではない。

「けど、僕はそう考えてるんだ。この部については」

謝るのをやめて僕の話を聞いていた冷海さんは、それを聞いてこくりと頷き小さく息を吐いた。

「少しだけ、面白いお話でした。分かるようなところもあります」

なかなかに微妙な感想だ。これはお気に召したと言って良いのだろうか。

僕が何とも答えられず迷っていると、冷海さんがてきぱきと話題を次へ進めてしまった。

「ところで先輩、今日は何の本を読んでいたんですか？　先輩がどういう本を読むのか、興味があります」

　僕はまたしても答えられなかった。正直な回答はしたくないが、カバーを掛けてあるとは言え、実物がリュックの中にあるのだから嘘はつけない。逆効果だとは思いつつも、僕の視線は勝手にさまよいふらふらと窓の方へ泳いでしまう。まず間違いなく追及されるだろう。

　冷海さんが薄く口を開けたまさにそのとき、教室の外から呑気な声が聞こえた。

「おい、そこ。もう下校時間は過ぎてるぞ。鍵掛けるからなー」

　顧問の国語教師、御山《おやま》先生だった。最近前頭部を中心に毛根の後退が深刻らしい四十代の御山先生は、丸顔で人の良さそうな外見と気さくな性格から生徒の間でも人気が高い。あだ名は苗字の読み方を変えて、ずばりオッサン先生。ただ顧問としては特に熱心でもないようで、活動中に現れることは一切なくこうして毎回教室の施錠に訪れるだけだ。文芸部がこれといった活動もせずに存続していられるのは、御山先生の適当さのおかげだという話もある。

「すみません、引き留めてしまって。下校時刻を過ぎているのを忘れていました」

　冷海さんは流石に話を続ける気をなくしたようだった。これは僥倖だ。僕は内心、御山先生に感謝した。

「うん、あまり残っているのも良くないね。じゃあ、今日はこれで」

　机の上に置いてあったリュックをなるべく自然に肩へ引っかけ、扉の方向へと一歩踏み出す。

「待ってください、先輩」

凛とした声が飛んだ。僕は冷海さんに向き直り、目で何事か問う。

「でしたら、今日できなかった本のお話は次の活動日に」

「……分かった」

「ありがとうございます。では、さようなら」

僕の了承を得るや否や、冷海さんはまたぺこりと一礼し素早く教室から出て行く。僕はその場に固まり、冷海さんのブレザーの裾が壁の陰に消えるのを眺めることしかできなかった。

「ほら、君も早く出た出た」

扉の前に立った御山先生に手招きされ、僕はようやく教室から出た。

「本当はもう帰ってなきゃいけないんだが……ま、逢い引きなら仕方ないな?」

御山先生が屈託なく笑いかけてくる。本当に先生らしからぬ先生だ。

「そ……そういうことじゃ、ないですって」

僕は愛想笑いを浮かべながら、軽快さと滑らかさを意識して返答する。上手くいったかは怪しい。

「ははは。さっさと帰れよー」

素早く教室の鍵を掛け、手を振りながら職員室へ退散して行く御山先生。ここで僕が下校するのを確認しないのも、先生としてはなかなかおかしい。束縛が厳しいよりはずっと良いけれど。

それにしても、今の僕との会話の中に、冷海さんとしては何か興味を惹かれるものがあったのだろうか。僕の読む本に興味があるというのはどういう意味なんだろうか。

まあ良い。これまで経験したことのないことが立て続けに起こった放課後だったが、次の活動までに僕がすべきことは決まっている。リュックの中にある『ドンドン自信が湧いてくる百の法則』なるくだらないハウツー本を本棚の奥にしまい込み、もっと滋味溢れる面白い本を持って来ることだ。

どの本を持って来るか考えながら、早足で昇降口へ向かう。昨日読んだコメディもなかなか良い。一昨日読んだノンフィクションも硬派だが悪くないかもしれない。あるいは、さらに昔読んだ一押しの作品を……。

最後の廊下に差しかかると、途中の窓が一つだけ開いていた。外の西門の近くに女子生徒が三人いるのが見える。そのうちの一人には見覚えがあった。

「瑞ちゃん遅い。大遅刻だよー」

「すみません。少し用事がありまして」

「こら裕奈《ゆうな》。全然待ってないから平気だよ」

「ねぇねぇ、さっさと帰ろうってばー」

冷海さんはどうやら同級生を待たせていたようだ。冷海さんには、一緒に帰り道を歩く友達がいるのか。何となく、しみじみと心の中で呟いた。

さて、廊下の窓も下校時の施錠確認の対象だ。僕は錆びついたクレセント錠をこれでもかとばかりに固く締め、学校を後にした。

1　変容の山荘と救済の徒党

　バスが一際大きく揺れ、僕は目を開ける。久々に随分昔のことを思い出した。もう一年……いや、まだぎりぎりで一年は経っていないか。

　途端、目覚めたばかりの僕の耳に、周囲の生徒の賑やかな話し声や笑い声が流れ込んできた。他の部員達は皆、これから始まる一大イベントへの期待に胸を膨らませているのだろう。

　窓側の隣席に座る男子生徒が眠っているのを確認し、目線を外へ投げる。車窓の向こうを流れるのは、春を迎えて間もないのどかな田園の風景。ぽつぽつと建つ民家の赤い屋根瓦が、芽吹き始めた緑に映えていた。

　突然の告知が出たのは一か月ほど前。曰く、春休み中に部の合宿を行うとのことだった。一泊二日で、宿泊先は学生の団体客を多数受け入れている地方の大きな山荘。何やら学校と懇意にしている施設だといい、格安かつ完全貸切で泊まることができる。

　正直に言ってあまり興味はなかった。わざわざ文芸部で遠くへ出向いても、特にすることは見当たらなかったからだ。しかし聞けば、普段部員が友達同士で計画しているイベントと違い、この行事だけは全員参加——とは言え、三年生はつい先日卒業してしまったので実質一、二年生のみなのだけれど——らしい。幹事になった部員はミーティングで、三十年来続く伝統ある行事であることをことさらに強調した。伝統なら、もちろん僕に参加を拒否する権限はない。そのくらいのことは分かっていた。

ふと視線を感じ、左後方を振り返る。通路を挟んで反対側、一列後ろの席から、冷海さんが相変わらずの冷たい表情でこちらを見ていた。しかし、別に冷海さんは何かに怒っていたり苛立っていたりするわけではない。部活動の始めに挨拶を交わすときや、一緒に帰り道を歩きながらとりとめのない話で時間を潰すときと何ら変わらない、冷めた表情。これが冷海さんの普通なのだ。

「どうですか、街端先輩。楽しみですか」

淡々とした口調で訊いてくる。

「まあね。個室に泊まれるらしいから。田舎の山荘なら、じっくり腰を据えて本が読めそうだ」

「……引きこもる気ですか?」

「食事のときは出てくるよ」

「引きこもる気ですね」

冷海さんは目を細くして軽く僕を睨み、不快感を表明する。とは言え、その顔つきに表れる変化はとても微細だ。読み取れる人はなかなかいないだろう。

「また色々と気になる本を図書館で見つけたから持って来たんだ。今回は実用書が中心で、徒手格闘が分かる本とか、悪用厳禁の手作りトラップの本とか。あと、推理小説も一冊。洋館に閉じ込められた人達が逃げようとする話で、主人公が冷静に脱出の方法を推理していくシーンが見どころで……」

僕はリュックサックを開け、『身体防衛の基本』に『身近な道具でラクラク罠作り』、『捨てられ館からの脱出』といった本を引っ張り出そうとする。

「そういう問題じゃないと思いますけど」

ぴしゃり、といった感じで僕の声は押し潰された。一旦取り出されかけた本達は、再び大人しくリュックの底へと戻って行く。

「まあ、先輩が本当に楽しいのなら良いです。でも、私は何も面倒を見ませんからね」

まるで親のような言い草だ。僕より背もぐっと低い後輩の女の子にそんなことを言われてしまうと、少しだけ悔しい気分になる。

「私は同学年の友達と健全な合宿生活を送らなければいけませんので」

「僕が健全じゃないと？」

「はい。もし先輩が健全だったら、私なんて無病息災と不老不死を足して三乗したくらいです」

「その基準でいくと、他の人達はどうなるんだ」

「五乗くらいです」

そこでさらりと自虐を混ぜるのか。

「まあ、大丈夫。僕はいつも通り、いつもと同じようにやっていくだけだよ」

僕はあくび混じりに答えた。

「そうですか」

冷海さんは僕をもう一瞥すると目を閉じ、膝に掛けていた焦げ茶色のコートを引き上げる。きっちり膝丈に揃えられた制服のスカートの裾が、透き通るように白い太ももを一瞬だけ撫で上げてまたすぐに元の位置へ垂れた。

「……あ、それと」

冷海さんが突然大きく目を開く。僕はできるだけ自然に視線を冷海さんの顔に移した。眠いからかわずかに潤んだ冷海さんの瞳の奥に、光が駆ける。興味を惹かれるものを見つけたときや感情が大きく動いたときの、お決まりの癖だ。

「さっき話していた推理小説、面白かったら私にも題名を教えてください」

「もちろん」

「ありがとうございます」

一回目よりも短い衣擦れの後、冷海さんは完全に眠る体勢に入った。冷海さんが寝てしまえば、もう本を読む以外に暇潰しの方法は思いつかない。

持ってきた本を今度こそリュックサックから取り出し、順番にペラペラとめくって見出しを流し読みする。どの本も面白そうだ。だが、どれから読むか迷っているうちにまぶたがゆっくりと落ちてきたので、無駄なことをしたと思いながらもまた全ての本をしまった。良いんだ、読む時間なら山荘に着いてからごまんとある。もう一度眠りに落ちる直前、花のような甘い香りがどこからか流れてくるのを感じた。以前どこかでこの香りを嗅いだことがあるような気もしたが、到着まで起きるつもりもないので長く気に留めることはなかった。

◆◇◆◇◆

ふわふわする。あたまが、ぼんやり。ういているみたいな。

「さて……ええと、街端君か。いよいよこれから、楽しい合宿だ」

うん。

「何も問題なんてない。自由に好きなだけ、この時間を楽しめば良いんだ」

うん。

「怖いこともない。分からないこともない。君が一番安心できる空間がここにはある。いつも通りの仲間と一緒に……」

——なかま？

「いつもの友人達。いつもの明るくて優しい友人達。早く会いたいだろう？　皆楽しそうだ。一緒にいると、ほら、君も楽しくなる。心が安らいでいく」

そういう、ものかな。

「ああ。そうに決まっているじゃないか。それとも何だい、不満かな？」

いいえ、別に……。

「さあ、もうじき着く。心配も不安も消え去った、普通で日常な幸せの世界に」

……あなたが思うのは、自由だけどね。

◆◇◆◇◆

意識が覚醒した瞬間、強烈な違和感を覚える。なぜだろう。数秒間考えてその原因に思い当たった。一つ目は、自分がバスの座席ではなく柔らかいベッドに寝転がっていること。二つ目は、バスで嗅いだのと同じ甘い香りがまだ周囲に漂っていることだ。

上半身を起こし、首を左右に曲げる。風邪は引いていないはずなのに、何となく頭が重い。周囲を見回すと、木目調にデザインされた明るい茶色の壁が目に入った。左手と正面の壁にはそれぞれ扉があり、正面の壁際に設置された黒いテーブルの上には液晶テレビやお茶菓子、給湯器などが置かれている。右手には引き出し付きの小さなサイドテーブルがあり、その下にゴミ箱と銀色の金庫が鎮座していた。

どこからどう見ても、ここは山荘の部屋だ。おそらく眠っているうちにバスが山荘に着いてしまい、起きなかった僕は持て余されてそのまま部屋まで運ばれたのだろう。けれど、そんなことがあるだろうか。僕はそんなに眠りが深い方ではないし、起こされて起きないなんてことはないと思うのだけれど。

視線を少し上へずらし、サイドテーブルの上に取り付けられている窓の方を向く。縦長の四角い窓だ。透明なガラスの向こうから、太陽の光が燦々と降り注ぐ。到着は確か午後三時の予定だったから、まだ着いてからそう長くは経っていないことが分かる。変なところで時間を無駄にしてしまったが、起きたら夕方や夜だったという風になるよりはましだ。

とりあえず部屋から出ようと立ち上がりかけて、僕は今までの光景の中に明らかな異物が混じっていたことを一拍遅れて認識した。いくら何でも見間違いだろうと思いつつ、薄目を開けてもう一度だけ長方形の窓を見つめる。

窓の外に、黒々とした無骨な鉄格子が嵌まっていた。

「何だこれ……」

目の前の物体を理解できない戸惑いが、そのまま声に出た。急いでベッドから下りようとして、足元の床に自分の靴が置いてあることに気づく。綺麗に揃えられた白い運動靴を適当につっかけ、窓を開けて硬い直方体の鉄の棒をつかんだ。びくともしない。

視線を上下に動かしながら構造を調べる。どうやら、窓の上端と下端に横棒が走りその間を複数の縦棒が走る縦格子のようだ。縦棒と縦棒の間は肘が何とか通るくらいで、窓からの人間の出入りは不可能だろう。

……窓からの人間の出入り？　そんなものを考慮する必要があるとすれば……そう、泥棒除けくらいか。つまりこの山荘は、立地に似合わずかなり防犯意識の高い宿泊施設だということになる。

僕は一旦窓を閉め、ベッドから見て正面の扉のノブに手を掛けた。一瞬躊躇ったが、思い切ってその銀色の円筒をひねる。問題なく開いた扉の奥には小綺麗な洗面台と洋式便器、そしてシャワーにバスタブが見えた。きちんと手入れされた普通の三点ユニットバスだ。

今度はもう一つのドアのノブを回す。こちらも抵抗はなく、開いた先は部屋の壁と同様に木目調の廊下だった。右手側は行き止まりで金属製の掃除用具箱が置かれており、左手側には通路が続いている。

「こんにちは」

　不意に視界の外から話しかけられ、声を上げそうになる。見れば、雑巾入りのバケツを右手に提げた高齢の女性が立ち止まっていた。右胸に付けられたネームプレートには『桜井』の文字が印刷されている。偶然ここで掃除をしていた山荘の職員だろう。

「あ、あの。こんにちは……」

「どうぞ、ごゆっくり」

　微笑みながら曲がり角の先へと消えていく上品な老女の後ろ姿を、僕は何となく眺めていた。その職員が着ている服は、旅館の人がよく使うような臙脂色の作務衣だ。しかし、作務衣にしては袖が細めに締まっている。そういう点では、空手や柔道の道着に近い動きやすそうなデザインの服だった。

　職員が見えなくなると、僕は改めて廊下を観察する。幅はちょうど人が二人並んで歩けるくらい。そして不思議なことに、廊下も部屋の中と同じ花のような香りに包まれている。きっと、山荘がムードを出すために香水でも使っているに違いない。

　しかし、これからどうしたものだろう。とりあえず引率の御山先生には謝っておこうか。眠っている僕をわざわざ運んでくれたとしたら多分あの人だ。山荘の構造はまだよく知らないが、数十人の学生に貸し切れる程度ならさほど広くはないはず。どうせ時間は掃いて捨てるほどあるのだから、当てもなく先生を探しつつ引きこもりの汚名を雪ぐのも悪くない。僕は扉の横の壁に掛かった鍵を取り、部屋の外に出た。

◆◇◆◇◆

廊下を道なりに進むと広い空間に出た。クリーム色のソファや洒落た木の長テーブルが点々と並び、何人かの生徒がそれらの間を歩きながら談笑している。生徒達は僕のことを特に気にする様子もなく、そのままの笑い顔で廊下の向こうへと歩き去って行った。そして、僕の左手には大きな自動扉。これも木目調の柄だ。雰囲気作りが本当に細部まで徹底している。

空間の中央に立つ太い柱には、プラスチック製の山荘内見取り図が掛けられていた。もう少し手掛かりのない探検を続けてみたい気持ちもあったが、見つけてしまった物を見ないのも効率が悪いと思い、早足で近づき覗き込む。その表面は磨き上げられたかのようにつやつやとしていて、照明が特に強く当たるらしい右下の方などは、輝いていると言っても良いほどの光を放っていた。目が痛くなりそうなのをこらえつつ端から見ていくと、どうやらここは入り口ロビーで、あの自動扉が正面玄関らしいということが分かった。そして、このロビーからは昆虫の脚のように五本の廊下が伸び、ロビーと客室を繋いでいる。中央に一本、東端と西端に一本ずつ、それらの三本の間、東寄りと西寄りに一本ずつだ。……しかし、部員数に対して思ったよりも客室が多い。この数だと空き部屋も結構あるはずだ。

さて、御山先生はどこにいるだろうか。

「オッサンせんせー！　あたしの現代文の成績超低く出てたんですけど、なんでですかー？」

「あの点数で良い評定欲しいとか、いくらオッサン先生相手でも舐めすぎだろ」

「えー、そんなことないし。てかそう言うアンタの方が点低かったじゃん」

談話室から部員達の声が聞こえてきた。普段の活動と同じく集まって雑談に励んでいるようだ。しかし今重要なのはそこではない。話の内容からすると、あの部屋に御山先生がいるはずなのだ。

相も変わらず木目調の引き戸の前に立ち、軽く深呼吸する。他人が占有している領域に後から入って行くのは苦手だ。中の様子が窺えれば良いのだが、硬い戸はきっちりと閉められていて覗く隙間がない。僕はドアの取っ手に指を掛け、頭の中で呟く。大丈夫だ、僕にはこの部屋に進入する正当な理由がある。万人に受け入れられる合理的な目的がある。誰も僕を責めることはできない――。

音も立てず滑るように開いた引き戸の向こう。喧騒が止み、部屋にいた十人足らずの部員達の両目が一斉にこちらを向く。僕は虚空を見つめてその視線を受け流す。数秒も経たないうちに僕に対する注意は薄れて消え、話し声が漣のように広がって侵入者の存在をかき消した。

けれど、僕はまだ完全にはこの部屋に同化されていない。ここには御山先生がいるからだ。教師の義務として受け持つ生徒を蔑ろにはできない、御山先生が。

後ろ手にドアを閉め、僕は目の焦点を正常な位置に戻した。ロビーにあったのと同じソファやテーブルが、ロビーよりは高い密度で並んでいる。奥の方のテーブルには液晶テレビが一台だけ置かれているが、今は何の番組も映し出していないようだ。その談話室の中心、制服姿の集団に囲まれてこちらへ手を挙げているのは、今日も今日とて教師とは思えないほど生徒から懐かれている御山先生のはずだった。

「ん。街端か?」

「こ、こんにちは。御山先、せ……」

口が動きを止め、予定していた言葉は途中でこぼれ落ちる。そこにいたのは知らない男だった。年齢こそ御山先生と同じくらいに見えるが、猫背気味の体をひねって僕の方を向く痩せ気味のシルエットは先生と似ても似つかない。こけた頬にはうっすらと無精ひげが広がり、お馴染みの輝きを放っていたはずの額には、白髪交じりのボサボサとした短髪が生えている。落ち窪んだ灰色の目は僕を見ているようでいて、何も見ていないようにも思える暗さをたたえていた。

「どうした?」

ワイシャツに柄付きの派手なネクタイを締めた普段の先生と違い、全身をくたびれた鼠色のスーツとネクタイで固めた『御山先生』がひどく無気力な声で問う。やはり、聞いたこともない不気味な声だ。僕は自分の中に本能的な嫌悪が渦巻くのを感じた。

「いえ……」

教師は薄給で労働時間も長く苦労の絶えない職業だと聞くが、ほんの一週間前に活動で会ったばかりの御山先生が、心労でここまで変貌してしまうほどではないはずだ。さらに原因がストレスならば、禿げることはあっても反対に髪が生えてくるということはない。しかし先生の周りの生徒達は、疑問など欠片も抱いていないように各々で会話を続けている。親切に説明してくれるということはまずないにしても、僕の反応を見て何か思うところはないのだろうか。

僕は両目を固く閉じ、また開き直して先生を見る。異様な光景は消えない。

「……だってお前の解答用紙、センセの頭みたいにまっさらだったもんな！」

誰かの放った、あまり趣味が良いとは言えない冗談にざわざわと笑いが起きた。つられて何人かの生徒が先生の方を見る。

「面白いことを言うな」

まるで嫌々言わされているかのように無愛想な声で吐き捨てる先生。不快感を隠そうともしないその顔は、微塵も面白がってなどいなかった。

「なんてね。冗談でーす」

しかし部員達は、一層笑いながら声を揃えて軽口を返す。先生に面白半分で諌められたときのいつもの流れだ。そして生徒の群れから特にお調子者らしい男子生徒が飛び出し、先生の硬そうな短髪を手のひらで擦る。

「お、つるつるー」

おどけた声。巻き起こる爆笑。楽しそうな顔、顔、顔。

僕は耐えられなくなり、踵を返して茶色いドアへ向き直る。先生が何か言った気もしたが、無視してそのままロビーに飛び出し、叩きつけるように扉を閉めた。

何だ、今のは。訳が分からなかった。疲れているのだろうか。しかし、いつも負担や責任とは無縁の安定した生活を送っている僕がまさか疲れているはずはないし、生半可な疲れでこんな幻覚が引き起こされるとも到底思えない。酒や煙草やその他諸々の怪しげな違法薬物を摂取した覚えもなく、僕はあらゆる点で至って健康だ。

けれども事実、さっき談話室に立ち入った瞬間から逃げ出してくる瞬間までの間、僕は十人近い他の部員達と全く異なるものを見ていた。他人と同じものが見えないのはそれだけで怖いことだし、他人と同じことが分からないのはそれだけで危険なことだ。そしてその原因が特定できないのは、非常事態としか言いようがない。いつの間にか握り締めていた手の中は、不快な汗でじっとりと濡れていた。

どうせなら、いっそのこと先生の頭を触って確かめてみれば良かっただろうか。多分そんな勇気は出せないが。僕は小走りで正面玄関へ近づく。とにかく、一旦外の空気を吸って心を落ち着かせたかった。

自動扉が低いモーター音を立てて動く。柔らかい陽光が差し込み、暖かいながらもまだどこか冬の気配を纏った空気が流れてくる。僕は大きく息を吸い込みながら、外の世界へと踏み出した。足元を見下ろすと、そこに広がるのは青々とした芝生。あちこちに白色や黄色の小さな花も咲いており、自然を満喫できるという田舎の良さを引き出した造りだ。ようやく一息つきかけた僕は、顔を上げて呼吸を止めた。

真正面に壁があった。高さが僕の身長の四、五倍はある、灰色一色の無機的なコンクリートの壁。そして、玄関を出てほんの数歩の距離にあるそれと同じ物が、右を向いても左を向いてもやはり高くそびえ立っている。

つんのめるようにして走り出した。右手を目の前の壁につき、入念に感触を確かめる。硬くて平らで、ノブも鍵穴もないただの壁。汗ばんだ手をコンクリートに押し付けたまま、僕は壁に沿って左へ進み始めた。灰色。灰色。変化なし。冷たいコンクリート壁と、明るい色の木で造られた山荘の外壁という不釣り合いな二つの物体が、寸分の隙もなく直角にぴたりと繋がる。茶色。

走り続ける。自動扉。茶色。継ぎ目。また、灰色。灰色。一周して最初に壁に触れた位置に戻ってきた僕は、完全に外界と隔てられた六畳ほどの空間で立ち尽くすほかなかった。

四角く切り取られた青空をぼんやりと見上げながら、僕は酸素不足の魚のように口を開閉する。鉄格子のときに考えたような理由はもう浮かんでこなかった。こんな構造が山荘に必要なわけがない。何より、見取り図には正面玄関と書いてあったじゃないか。誰も外から入れないこの庭に続く扉のどこが玄関なんだ。そもそも玄関がこの状態だったら、僕や部員達や先生はどうやって山荘に入ったって言うんだ。

今度は意識する前に体が動いた。振り向き、この薄気味悪い正体不明の場所から全速力で逃げ出す。自動扉を抜け、わずかな希望にすがるようにして見取り図の前で立ち止まる。ほとんど震わせるようにして端から端まで目を走らせるが、目的の文字は見つからない。探せば探すほど、これまでおぼろげだった焦燥がはっきりと現れてくるのを感じた。出入り口。宿泊客にとってまず必要な存在を表示する文字や記号が、この図には一切存在しないのだ。あの何の役にも立たない正面玄関を除いては、一つも。

いや、それでも諦めるには早い。扉がなければ、似たような物を探せば良いんだ。僕は周囲をぐるりと見回す。ロビーの端に目当ての物が見つかった。さっき正面玄関が開いたときに流れ込んだのと同じ光が、木漏れ日のように差す場所。小さいながらも、外の世界が垣間見える場所。

激しく打つ心臓に突き動かされるようにして駆け寄り、僕は四角い窓の外を凝視する。

白い輝きの中にくっきりと浮かび上がったのは、部屋で見たのと何一つ変わらない無骨な鉄格子だった。

軽くよろけながら後退する。この建物には非常口すらないことになっている。部屋の窓もロビーの窓も、山荘には不似合いな鉄格子で固く閉ざされていた。正面玄関と書かれた扉を抜けた先は、外の世界と壁で隔てられた単なる空き地だった。今日どこからこの山荘に入ったのかも分からないし、明日どこから帰る予定なのかも分からない。もうごまかすのは無理だ。僕は閉じ込められている。閉じ込められているんだ！

けれど、これほど露骨に異常な場所に宿泊しているというのだから、他の生徒の中にも疑問に思っている人がいてもおかしくない。というより、いなければおかしいのだ。特に正面玄関を出てすぐの光景など、見れば一目で状況が尋常でないことが分かる。しかし事実、この山荘に着いてから数時間が経過しても未だに騒ぎ一つ起きていない。

僕は談話室で見た気持ちの悪い現象を思い出す。玄関の外に出てみるまでは、自分の方が何かの勘違い――一体どうしたらこんな勘違いが起こるのか原因を想像することすらできないが――をしていて、あの男は本物の御山先生だったという可能性も確かにあると思っていた。だが他の様々な異常を目にした今、そんな考えはあまりに楽観的な絵空事としか感じられない。僕は既に確信めいた予想を抱いていた。僕以外の生徒達は間違いなく正しい現実を認識できておらず、誤ったものを見ている。理由は分からないが、とにかく他の人間の感覚は異常だ。目下、信じられるのは僕自身に見えているものだけだ……。

そこまで考えて、背筋が凍りつく。僕はたった一人で、原因も意味も分からない異常な世界に放り込まれている。こういうとき最初に頼るべき大人である御山先生は、最初に選択肢から消えてしまった。他の部員達も当然だめだ。正しくものが見えていない他人には協力なんて期待できない。すなわち僕は僕だけで、現実に迫る異変に対処しなければならないことになる。誰かに肯定してもらうことも誰かに頼ることも、もはやできないのだ。

指先が小刻みに震えだし、喉の奥から酸っぱいものがこみ上げてきた。気分が悪い。胸を両手の爪で掻きむしりたくなるほどの吐き気が、周囲に広がる甘い香りによってさらに増幅される。僕が一人で耐えて、考えて、対処する？　僕だけで？　……嫌だ。馬鹿を言わないでくれ。無理だ。一人でいられるのは何もしなくて良いときだけで、僕は一人じゃ何もできないんだ。これまでだって何一つ大したことを成し遂げられた例がない。そんな何の取り柄も能力もない僕が、この怪奇現象を一人ぼっちでどうこうできるはずがないじゃないか。お願いだ。誰でも良い。頼むから誰か、この不自然な世界に気づいてくれ……。

「街端先輩。どうしたんですか、こんなところで」

聞いたことのある落ち着いた声音。僕は半ば朦朧としながらも、声の主の方へそろそろと首を回す。

「てっきり夕食までずっと部屋に……って、顔真っ青ですよ。どこか具合が」

「い、いや。大丈夫、大丈夫だよ」

ぐちゃぐちゃに乱れた思考を普段通りの声色で隠し、手を振って冷海さんの言葉を遮る。

「……それなら良いです」

言いつつ、冷海さんは細い眉をぴくりと動かす。全く疑わしいと言わんばかりだ。

「でも、どういう風の吹き回しですか。引きこもりの先輩がロビーにいるなんて」

「たった一日二日の過ごし方だけで、そんな不名誉な二つ名を獲得できるとはね」

失礼極まりない。僕は無遅刻無欠席とはいかないまでも、一応人並みに毎日学校へ行っているんだ。もし登校による外出を除くとしたら、本当に引きこもりに該当してしまうかもしれないが。

「わざわざ合宿に来て個室に閉じこもるというのは、単なる期間の問題を超えた由々しき事態です」

「僕に言わせてみれば、閉じこもらなくても生きていける冷海さんの方がよく分からないよ」

「それはもちろん、私には先輩と違って一緒に物事を楽しむ友達がいますから」

不思議なことに、と言ってはこれまた失礼極まりないが、僕に負けないくらい重篤な本の虫である冷海さんには友達がいる。どうやらクラスメイトらしく、決して大人数ではないが、かなり親しく一緒に下校することも多いのだと言っていた。

「現実にないものが原因じゃ仕方ない。こればかりはどうにもならないよ。人生観の違いだ」

「相変わらずですね」

「バスで言った通りだよ。いつもと同じようにやっていくって」

僕は冷海さんの大きな瞳を眺めながら、涼しい顔で答えた。

しかし、冷海さんはこちらを見返したまま何も言わずに固まっている。長いまつ毛の一本一本までが一様に動かない。僕が何だか微妙な気分になって視線を逸らそうとしたそのとき、小さな口が唐突に開いた。

「顔色、元に戻りましたね。良かったです」

それだけを、顔色一つ変えないままの冷海さんが言う。

同じことをほっとした表情で、あるいは微笑んだりしながら言うのなら普通の光景だ。だが冷海さんはそうしないので、僕はこういうときにどう反応したものかと少し戸惑ってしまう。初めて会ったときに比べれば、少しは表情が汲み取れるようになってきたと自負している僕にも、冷海さんの感情の機微を逐一拾うのは難しい。一番困るのは、冷海さんがどんなときでも絶対に笑わないことだ。面白いです、と言うことはあっても、冷海さんの口角は重石のように決して定位置を動かない。冷海さんが笑うのを見る日は果たして来るのだろうか。

「ああ……うん」

確かに、言われてみればいつの間にか胸のむかつきは消え、指からは余計な力が抜けていた。けれどそれを意識した途端、頭の中が再び冷海さんに話しかけられる前の状態に戻り始めてしまう。

またも忍び寄ってこようとする吐き気を牽制しながら、僕は考えを巡らせる。およそこの山荘にいる人間の中で、僕がこの話を共有しても良い唯一の人間は冷海さんじゃないだろうか。僕が認識した異常は今この瞬間まさに迫ってきているのだから、せめて冷海さんだけはそれを知っておくべきだ。……しかしこの山荘に来ている以上、冷海さんも正常とは限らない。もし他の生徒達と同じく感覚が狂っていた場合、僕は何やら変なことを言っている人間だと思われるだけだ。他でもない冷海さんに否定されることを想像すると、脇腹に鋭い針を突きつけられるような恐怖を覚える。僕は迷った。

「先輩？」

僕を若干の上目遣いで見つめる漆黒の瞳。耳に快い澄んだ声。抑える間もなく、僕の喉の奥から絞り出された音が口蓋を押し上げる。

「……ごめん。ちょっと長めの話をしても良いかな」

◆◇◆◇◆

「つまり先輩は、この山荘が明らかに異常な場所で、私達は出口のない空間に閉じ込められていると言いたいんですね」

お世辞にもスムーズとは言えない僕の説明に一切口を挟まず聞いていた冷海さんは、一通りの話を終えた僕にそう確認した。

「うん。今のここの状況は誰が見たって変だ。冷海さんだってそう思うはずだよ」

「他の誰かにこのことを話してみましたか？」

「いや、してない。それに話してみても、御山先生の例がある以上は……」

談話室で見た光景が眼前に蘇ってくる。冗談、笑い声、鼠色のスーツ……。

「……理解してもらえないかもしれない。皆が僕と同じものを見ているとは限らないし。だから、まずは冷海さんの意見を聞かせてよ」

心臓が早鐘を打つ。口では平静を装いながらも、内心は穏やかではなかった。そんなものは見えない、それはお前だけが見ている幻じゃないのかと短く言われてしまえば、僕は今度こそ完全な孤独に取り残される。そうなってしまえば終わり。そう、終わりなんだ。まだこの話をしたのは一人目だが、実質的には冷海さんが最後の希望だという直感があった。ここが分かれ道で、僕が今立っている場所こそが分岐点で、問題はたった一つ、冷海さんが僕の仲間なのかそうでないのかということだけだ。僕はすがりたい。否定されたくない。僕の判断は間違ってなんかいないと、ただそれだけの言葉を掛けてもらいたい。

「そうですね……」

僕の顔を見ていた冷海さんが不意に視線を外し、何かを考えるように下を向いて押し黙る。冷海さん、冷海さんはどちら側の人間なんだ。僕は二つの瞳を見下ろしたまま固唾を呑んだ。

十秒近い沈黙の後、冷海さんが静かにすう、と息を吸った。引き締まった唇が薄く開き、ほんのわずかに震えを帯びた声が漏れる。

「良かったです。私と同じものを見ている人がいて」

冷海さんの目は伏せられたままだ。

「同じもの？　つまり……」

「窓、扉、先生。他の人達には見えなくても私や先輩には見える、異変です」

冷海さんの一言は、まさしく僕の求めた答えだった。やったぞ。胃の中にあった重いものが綺麗さっぱり消え失せたような感覚に、僕は心地良い震えを覚える。ようやく目線を上げた冷海さんに対して、思わず笑いかけるほどだった。

「僕の方こそ良かったよ。冷海さんが分かってくれて」

「他人の感覚と自分の感覚にズレがあると、どうしたら良いか困りますからね。でも安心してください。少なくとも私には、先輩の気持ちが分かります」

冷海さんは、普段よりどことなく鋭い目つきで真剣そうに呟く。変化に乏しい表情から来る冷たさは健在だったが、今そんなことはどうでも良い。心がじんわりと温められ、靄が掛かっていた思考がクリアになっていくのを感じた。

「ということは、もう玄関の外にも出てみたんだ?」

「はい。そのときは一人でしたから、他の人達からどう見えているかは分かりません。御山先生とされているらしい大人とは廊下ですれ違いました。……周りにいた人は全員、何の違和感も持っていないみたいでしたが」

滔々とした語り口の裏には、しかし、自分だけに認識できる不可思議な現実への不安と怯えが隠されているような気がした。僕は悟る。そう、怖かったのは僕だけじゃない。冷海さんだって孤独の中で苦しんでいたんだ。

「これからどうしようか。何もせず大人しくしていても、どんなことが起こるか分からないし」

「まずは情報収集じゃないでしょうか。具体的にどんな異変が起きているのかについて、もっと調べる必要があると思います」

柱に掛かった見取り図に目を向けながら、冷海さんは言った。

「確かに。その通りだ」

僕にとっての冷海さんが貴重な理解者だとしたら、冷海さんにとっての僕も貴重な理解者だ。となれば、今の僕がすべき、そしてしなければならないことは決まっている。

冷海さんを支え、助け、守ること。

僕は確信した。それが僕の目的だ。これから僕がする、あらゆる行動の目的だ。

だが、大きな決意とは裏腹に一抹の不安が脳裏をよぎる。僕は冷海さんの理解者という役目を完璧に果たすことができるだろうか。僕は強い人間じゃない。取り立てて自慢できる個性も才能もない。そんな僕に、冷海さんを支えきることができるだろうか。保証はどこにもない。

しかしそれでも、僕はやり遂げなければならない。力が及ばないなんてことは許されないんだ。広大な原野に向かって声を張り上げるように、心の中で叫ぶ。進む先は何があるかも分からない無限の荒野。けれど、冷海さんと会う前に直面していた一面の暗闇と違い、踏み締めるための地面はそこにはっきりと存在している。

「それと、私や先輩以外にも異常に気づいている人がいるかもしれません。他人に話が通じないので、表に出さずに黙っているという可能性があります」

「ああ……大いにあり得るね。そういう人を見つけたら、仲間に引き入れてあげないと」

一瞬だけ虚を衝かれながらも僕は返す。言われてみれば当たり前のことだが、盲点だった。なるほど、まだ僕自身と冷海さんだけが頼りと決まったわけじゃない。無条件に希望を持つことはできないが、運が良ければさらに多くの人間の手を借りられるかもしれない。僕にはできないことも、新しい仲間と一緒ならできるかもしれないのだ。

「ありがとう冷海さん。それじゃ、早速どこかに向かおう。まずは……」

移動を提案しかけて、僕は言葉を切る。東端廊下の奥から、微かにだが異質な音が聞こえてきた。

「まずはどこですか?」

冷海さんは全く気づいていないようで、反応する素振りも見せない。

「待って。あの通路の先で誰かが叫んでる。押し殺したみたいな、抑え気味の声だ」

「え……?」

真っすぐな黒髪をはらりとなびかせ、僕の指差した方角を振り返る冷海さん。しかしそれでも声を聞き取ることはできないようで、廊下の奥を注視するように目を細めながらも、その視線は迷うように揺れ動いていていた。

その間に、音量自体は決して大きくない控えめな叫びは激しさを増していく。ついには物を叩くような音も聞こえ始めた。

「行こう、冷海さん」

あそこで間違いなく何かが起こっている。僕はロビーを駆け抜けて廊下へ飛び込み、ブレーキもそこそこに角を右へ曲がった。

◆◇◆◇◆

「いったぁ……」

通路の行き止まり近くでうずくまっていたのは、長い栗色の髪をポニーテールに束ねた女子生徒だった。さらにその周りには、臙脂色の作務衣を着た若い男が二人倒れている。女子生徒の方は自分の頭をしきりに振ったり叩いたりしているが、男達の方はぴくりとも動かない。やはり、何か普通でないことがここで起きたのだ。

「ええと、大丈夫？」

思わず近寄り声を掛けると、その子はすぐに顔を上げ元気の良い声で答えた。

「え？　平気平気！　全っ然心配しなくて良いから！」

ややつり目気味の健康的な女の子は、明るい笑みを浮かべながら顔の前で手を左右に振る。

「いや、すぐ横に人が倒れてる状況で言われても」

「やっぱりそうなるかー……」

ばつが悪そうにまた短く笑ってから、床に視線を落とす。目が明らかに泳いでいる。

「うう、どうしよ……。こんなの言い訳しようがないじゃん……」

何と言うか、とても分かりやすい人だった。忙しくぶつぶつと呟いている女の子から一旦離れ、倒れている男に近寄ろうとする。

「あの、でもとにかくその二人は大丈夫だから！　ちょっと気絶してるだけで、それ以上のことはしてな……あ」

穏やかじゃない台詞が聞こえる。僕は再び女の子の方を振り向くことになった。

「まさかとは思うけど、君がやったの？」

「……」

「気絶してるだけって本当？」

「……うん」

こくり、と小さく頷く。呆気にとられた僕が固まっていると、女の子は腰を上げ気まずさを撥ねのけるようにはつらつと話し始めた。無理をしているのが見え見えの空元気だ。

「ごめん、まだ名前言ってなかったね！　わたしは二年C組の三木《みつき》ちなみ。その……とりあえずはよろしく！」

座り込んでいたときは分からなかったが、三木さんは女子としてはかなり背の高い方だった。向かい合うと、男である僕と目の高さがほとんど同じくらいだ。まあ、僕も男子の中ではどちらかと言えば身長が低い方なのだけれど。

「僕は二年B組の街端路人。そしてこっちが……」

流れで冷海さんを紹介しようとして、三木さんに会ってから冷海さんの声を全く聞いていないことに気づく。

「冷海さん？」

首から上だけを回し、曲がり角を顧みる。

冷海さんはそこにいた。立ち止まり、それ以上進もうとする気配もなく、ただこちらを見つめている。

「どうかした？　もっと近くに来てよ。三木さんに紹介したいからさ」

「は、はい」

驚いたように軽く目を見開き、おもむろに歩き出す。いつもてきぱきと物事をこなす冷海さんにしては、動きが遅いような気がした。ロビーからここまで駆けつけたことで、疲れたのかもしれない。

「こっちが、一年B組の冷海瑞さん」

「可愛い後輩ちゃんか。よろしくね」

三木さんがにっと笑いかけるが、冷海さんはどこか居心地悪そうに視線を逸らし、三木さんの顔を見ようとしない。ブレザーの腕は強張るように真っすぐ垂れ、両手はチェック柄のスカートの横で固く握り締められている。一体どうしたんだろうか。僕は少し考え、そして思い当たった。

「もしかして、人見知りする？」

三木さんには聞こえないように、ほとんど囁くようにして質問する。

「……そういうことにしてくれて構いません」

早口で無愛想な回答。どうやら図星だったらしいので、情報収集の任務はひとまず僕が担わなければならない。僕はにやけてしまわないようにこらえながら、三木さんとの会話に戻る。

「ところで、そろそろ教えてほしいんだけど、ここで何があったのかな？　倒れているのは山荘の職員さんだよね」

「……初めに襲ってきたのはその二人の方。わたしを押さえつけようとしたから抵抗したら、こうなっちゃった」

「職員が？　どうしてそんなことを……」

「わたしも分からないよ。でも、わたしがこの扉をいじってたら背後から急に……」

「扉？」

三木さんは僕に背を向け、廊下の突き当たりを指差す。そこには、右端の角に立つ細長い金属製の掃除用具箱以外、何の物体もないように見えた。僕は一瞬戸惑いながらも目を凝らし、やがて、掃除用具箱の横の壁から何か丸い物が突き出ていることに気づいた。僕は行き止まりの壁に歩み寄り、顔を近づけて観察する。閉まっているようで回しても小刻みな金属音を立てるだけだが、確かに鍵穴付きのドアノブだ。

「ノブも含めて全部壁と同じ色に塗られてるから分かりにくいけど、本物の扉でしょ？」

「すごい。全然見えなかったよ」

「わたしもここを歩いてたら偶然見つけたんだ」

隣に立つ三木さんの口ぶりは少し誇らしげだった。僕は手招きして、相変わらず三木さんと一定の距離を空けている冷海さんを呼び寄せる。

「……冷海さん、こんなところに扉はないはずだよね」

「はい。見取り図には書かれていなかったと思います」

冷海さんも理解しているようだった。この扉はあることになっていない、あるいは、ないことになっている。また一つ、不審なものが目の前に出現したのだ。

「でも、本当に上手く溶け込んでるよ。通りがかっただけじゃ見つけられそうもないし、何か壁の様子を調べる必要でもあったの？」

何気なく放った問いに、三木さんは肩をびくりと震わせた。

「そ、そんなのないよ。さっきも偶然見つけたって言ったじゃん。あはは……」

ぎこちない話し方、中途半端な意味のない笑い、もじもじと絡み合わされる指先。ビンゴだった。

「それで、本当のところは？」

三木さんの顔面がわずかに引きつった。ゆっくりとその顔から笑みが剝がれ落ちていき、さっきまで大きく開いていた口がきつく結ばれる。一拍置いて、うつむいた三木さんの喉から蚊の鳴くような声が漏れた。

「出口、探してた。外、出たくて」

「……ああ」

出口という単語に反応しかけた心を落ち着かせる。その台詞は、もし僕や冷海さんが言ったとすれば重要な意味を持つものだった。けれど、三木さんはただ迷子になるか何かしてそう言っているだけなのだろう。

「でも、出入り口ならロビーに正面玄関があるよ。この廊下を戻ってすぐだ」

「え、そ、そうなんだ。知らなかった。じゃあ行ってくるね」

言いつつ、三木さんは意味ありげな目つきで僕を見つめていた。何かを観察……いや、こちらの出方を窺っている？

「三木さん、変なこと言って良い？　意味が分からなかったら無視してもらって構わないんだけど」

「うん、良いよ」

どうとでもごまかしが利くラインを慎重に探り言葉を組み立てる。もしそうだった場合、分かりやすい三木さんなら絶対に乗ってくるはず。

「ここの正面玄関ってさ、正直言って出入り口の体を成してないんだ」

今度こそ、三木さんの表情が完全に凍りついた。身体の芯を貫かれたかのように固まった顔は、驚愕の色を浮かべる。黒だ。僕は最後の言葉を口にした。

「三木さんも気づいてるんだね、正面玄関から外に出られないこと。僕達も同じだよ」

息を呑む音。そして一瞬の後、張り詰めた空気は三木さんの頬とともにふっと緩む。

「よ、良かった……。わたし以外にもいてくれたんだ……！」

再びその場に座り込んでしまった三木さんの目尻から、涙がこぼれた。

◆◇◆◇◆

「もう大丈夫だから。心配掛けてごめんね」

僕がこれまで得た情報を伝えていくうちに三木さんもだんだんと落ち着いていき、数分後には元気良く立ち上がった。

「誰も分かってくれなくてどうしようもなかったんだ。でも、ここに来たおかげで二人に会えて……本当に嬉しい」

「その上、この扉も見つかったからね」

壁にすっかり擬態している扉に目をやる。すると、三木さんより先に冷海さんが素早く口を開いた。

「一体どこに繋がるドアなんでしょうか。見取り図になかったことを考えると、職員用の何かだとは思いますが」

「三木さんは、ここを調べていたら突然襲われたんだよね……」

そう、重要なのはタイミングだ。やはり、扉と職員の男達の行動に関係があったと考えるのが妥当だろう。

「男達は、三木さんに扉を調べさせないために襲ったんじゃないかな」

「そうだとしたら、なぜ扉を調べさせたくなかったんでしょうか?」

三木さんがあの扉を見つけたのは、出口を探していたからだ。一方の男達は扉を調べられるのを防ぎたい、言い換えれば、三木さんが扉を調べることにより、何らかの目的を達成するのを防ぎたいと思っていた。それらを関連付けると、どうなる……？

頭の中で、細い糸が繋がった気がした。

「こんなのはどうだろう。あの扉は出入り口か、あるいはこの山荘から出る上で重要な場所だ。男達は、三木さんがあの扉を調べて脱出の手掛かりを見つけるのを妨害しようとした」

「先輩、ちょっと待ってください。私達をここに閉じ込めているのは山荘の職員の方々だと言いたいんですか？」

「……それだ！　その通りだよ！」

こらえきれない衝動が叫びとなって飛び出す。ずっと眠っていた頭が久々に目を覚ましたような気分だった。どうして今までこの程度の推理ができなかったんだ？

「山荘の造り自体がおかしい時点で、この異常事態に山荘が一枚嚙んでるのは間違いないじゃないか。僕達を閉じ込めているのは山荘の経営者達で、職員達は命令を受けて僕達を監視してる。これで全て辻褄が合う！」

しかし、僕の急き立てるような主張に反し、冷海さんの態度は煮え切らなかった。

「……ないとは言いません。でも、流石に短絡的では？」

これまでにあったことを考えれば、僕の意見はほとんど正しいと言い切れるはずだ。それでも断定的な言い方を避ける冷海さんは、随分と悠長に見えた。

「それにもし先輩の考えが合っていたとして、他の部員や御山先生のことはどう説明をつけるんですか？　山荘側に犯人がいるのに、なぜ利用者側であり被害者である人間のほとんどが、異変を訴えていないんでしょうか？」

冷海さんが鋭く尋ねる。

「それは何とでも説明がつくよ。例えば僕達以外の部員全員がグルで、何かの理由から邪魔な御山先生を引き離して僕達を嵌めたとか。……うん、それならあり得るぞ！　今のところはそれが一番濃厚な線だ」

冷海さんは大きく目を見開き、衝撃を露わにした。しっとりと額に掛かった黒髪の向こうで、もともと白い肌がうっすらと青ざめている。

「何も、そこまで……」

「油断は禁物だよ。誰も信用できない。何と言っても、皆は現実がきちんと見えていないんだから」

淡々と諭すように告げる。冷海さんが軽く目を閉じて黙り込み、気まずい静寂が降りた。

「……ほ、ほら！　あんまり暗くなっても仕方ないから、気分変えていこうよ。ぐずぐずしてるとこの人達が起きるかもしれないし。次はどうするの？」

見かねた三木さんが、大げさに腕を振りながらわざとらしく割って入る。けれど、確かに三木さんの言う通りだ。あくまで慎重に、かつ追い詰められすぎないように行動しなければならない。三木さんの素直な気遣いがありがたかった。

「うん、次は他の廊下の突き当たりも調べてみようと思う。こういう建物は大抵が対称に造られるから、こういう見取り図にない扉がまだあるかもしれない」

「じゃあ、早速出発だね」

「……分かりました。ともかく、まずは動きましょう」

再び開かれた冷海さんの目には、決意のようなものが浮かんでいた。

◆◇◆◇◆

僕達は五本ある廊下を東側から順番に探索し、今は西から数えて二番目の通路へ向かっていた。これまでのところ収穫はなく、どの廊下の突き当たりもただの壁だったのだけれど。

「それにしても、大の男二人に襲われて返り討ちにするなんてすごいね」

右隣の三木さんに話しかけた。冷海さんはまだ三木さんに慣れないのか、黙ったまま僕の後ろをついて歩いている。

「そんなことないよ。返り討ちって言うとかっこいいけど、結構危なかったし。でもわたし、個人的に体術というか……簡単な護身術みたいなことやってるから」

長い髪を撫でつけながら照れたように答える。

「へえ……。相手を投げたり吹っ飛ばしたりするような？」

僕の言葉を聞いた三木さんは一瞬びっくりしたような顔になり、すぐにくすくすと笑い始めた。

「何かおかしいこと言ったかな。暴漢を鮮やかに倒すようなイメージだったんだけど」

「護身術の目的はあくまでも、無理なく自分の身を守ることだから。強力なものでも相手を一時的に拘束するくらいだよ。派手な技とかじゃなくて、最小限の素早い動きで相手の攻撃意思を削ぐための技術なんだ」

「なるほどね。やっぱり三木さんはすごいよ」

嬉しそうに解説する三木さんが輝いて見えた。僕が知らないことを知っているからというよりは、自分の身を守るための方法を知っている三木さんが、とても強い人間に見えたからだ。いざと言うとき何もできない僕なんかと違い、確かな強さを持っている三木さんと合流できたことの恩恵は計り知れない。

「でも、派手な技じゃないと言いつつさっきは二人とも伸しちゃったんだ？」

「あ、あれはちょっとやりすぎただけだから！　わたしってよく力のコントロール間違えちゃうんだ。色々と物も壊すし……。ところで、街端君は何かスポーツやってる？」

「何も。当たり前だけど部活は文芸部だし、中学までも運動部に入ってたことはない。運動する機会なんて体育の授業くらいだけど、成績は真ん中辺りで、好きでも嫌いでもないってところかな」

「真ん中辺りなら、技術さえ身につければ街端君もすぐわたしと似たようなことができるよ」

　三木さんは事もなげだ。

「まさか……」

「女子と男子の素の体力差って全然馬鹿にできないんだよ？　そもそも女の子が護身術を学ぶのは、そのものすごく大きい差を少しでも埋めるためなんだから。多少鍛えてるわたしとかでも、並の男子の力には基本的に敵わないんだ」

　僕は改めて三木さんを眺める。冷海さんよりも五センチほど短い——すなわち学年内での平均に近い長さの——スカートから覗く張りのある脚は、すらりと引き締まり相応の筋肉を含んでいることを暗示していた。

「あのさ。鍛えてるとは言ったけど、あんまり見るのはセクハラだよ？　というか犯罪だよ？」

「ご、ごめん……」

　半分呆れたような目で睨まれてしまった。引かれただろうか。

「……ええと、その護身術って例えばどういうものがあるのかな？」

雰囲気を変えようと無理矢理ひねり出した質問にも、三木さんは苦笑いしながら答えてくれた。

「これとか面白いかも。ちょっと腕出して、わたしの方に伸ばしてみて」

右腕を軽く差し出す。途端、三木さんの指が、目にも止まらぬ速さで肘の内側辺りにめり込んだ。

「痛ぁっ⁉」

肘から先の腕全体に電撃が走った。慌てて手を引っ込める。

「上腕骨内上顆。腕の急所の一つだけど、ぶつけるとビリッとするところって言った方が通じやすいかも。神経の束が浅いところを通ってるから、圧迫するだけで手がしびれて動かなくなるんだ。本当は軽く押すだけで良かったんだけど……さっきの仕返しってことで。ね？」

当の三木さんは、まさにしてやったりという表情だ。

「大丈夫ですか？」

突然の悲鳴に驚いたのだろう。冷海さんが僕と三木さんの間から顔を出し、語気こそ強めないものの若干落ち着かない口調で声を掛けてくる。

「いや、平気だよ。三木さんに教育的指導を食らっちゃっただけだから」

「……ああ、そうでしたか」

冷海さんは小さく溜め息をつくと、顔を引っ込めて僕の後ろという定位置に戻る。やはり頑なに三木さんの方は見ない。少し失礼じゃないかとも思うが、無理に話をさせるのも忍びなかった。僕も人付き合いが得意な方ではないので、冷海さんの気持ちに対して全く無神経にはなれないのだ。謝罪の意味を込め、三木さんに向かって曖昧に笑いかける。

「ううん、気にしないで。今のわたしって、第一印象からしてすごく怖い先輩だもん。……あ、もうそろそろ突き当たりだね」

三木さんは軽くうなだれながら、廊下の最後の角を右に曲がり——何かに足を取られてつまずいた。

「三木さん！」

とっさに支えようと手を突き出したが、それは無用な心配だったらしい。三木さんの全身がしなやかに運動し、片膝を立てた状態で綺麗に着地する。床についた脚を払いながら立ち上がり、目では不安そうに足元を見つめていた。

「紐があるから、これに引っかかったんだと思う」

三木さんの視線の先には、太さ三ミリくらいの麻紐の一端が落ちている。麻紐は長く、向かって右の壁際にいる三木さんの足元から廊下を横切って伸び、もう一端が左奥の壁にある部屋の扉のノブに括りつけられていた。

冷海さんが立ち止まる。僕は横に半歩移動し、三木さんの脚で陰になっていて見えなかった辺りの壁を覗き込んだ。そこにはコンセントがあり、コード部分を切り落とされた黒い差し込みプラグが差さっていた。

「先輩、何が……」

「……多分、コンセントに差さったプラグと、ドアノブの二か所を使って紐を張ったんだと思う。誰かがやったんだ」

曲がり角の向こうが見えないことを利用した罠。この狭い行き止まりには悪意が充満している。素早く振り向いて目を走らせると、右手側の扉がほんの少し開いているのが見えた。そしてその向こうの暗がりには、こちらを見つめる目が二つ。

「その部屋だ！」

僕と三木さんが同時に動き、冷海さんも一呼吸遅れて駆け出す。

僕が引っ張り開けた扉から差し込む光が暗い室内を照らし出し、そこにいた何者かを三木さんが床に押さえつける。相手がどんな奴かは知らないが、三木さん一人に任せるわけにはいかない。部屋の電気をつけ、今まさに加勢しようと身構えたそのとき、その人間がもがきながら叫んだ。

「ギ、ギブギブ！　待てって！　大人しくするから！」

男が着ているのはよく見知った高校の制服。転がっていたのは、坊主頭の男子生徒だった。

素早く後ろ手に扉を閉め、冷海さんを背中に半分隠すようにして男子生徒の前に立ちはだかる。その間に三木さんが男子生徒を正座させた。まず口を開いたのは僕だった。

「名前を聞いても良い？」

「……丸平揚《まるだいらよう》、二年Ｄ組」

拗ねたような話し方と髪型のせいか、いわゆる不良のような印象を受けてしまう。こういう状況でなければ、僕と関わりを持つことなんてなさそうな人種だ。

「丸平君か、分かった。廊下に紐を仕掛けたのは丸平君？」

「ああ、そうだ」

「どうしてそんなことをしたの？」

「……」

「悪戯？」

「……違う」

「じゃあ、どうして？」

丸平君は唇を尖らせ、黙り込んでいる。

「三木さん」

「ちょっと痛くしようか。えいっ」

「や、やめろ！　マジで折れる、折れるって言ってんだろ！」

どちらかと言えば細身ながら、僕よりも背の高い男子が本気の悲鳴を上げていた。ややもすれば三木さんが恐ろしく見えてきてしまう光景だ。

「別に骨には影響ないから安心して。関節痛持ちにはなっちゃうかもしれないけど」

「わ……分かった！　答える！　だから離せ！」

丸平君の手首が解放された。もはや息も絶え絶えで、丸刈りの頭には脂汗が浮かんでいる。

「全部話す。後遺症を背負って生きていきたくねえからな。でも、お前らが信じないってのはナシだ。俺は正直に説明する。だからお前らも俺の説明を疑うな」

「うん。約束は守るよ」

「じゃあ始めるぞ。ともかく全部の始まりは、外に出ようとしたことだった。ちなみに聞くけど、お前らは正面玄関から外に出たことがあるか」

僕は頷いた。それを見た丸平君は訝しむように眉根を寄せ、ゆっくりと次の質問を口にする。

「それで、ちゃんと出られたか？」

「出られなかったけど。だって壁があるじゃん」

僕よりも早く、三木さんがあっけらかんと言い放った。

「は？　お前ら、まさか……」

さっきまで警戒心で溢れていた丸平君の顔が、困惑に支配される。信じられない幸運に、僕は少しの間だけ固まってしまった。

◆◇◆◇◆

「てことは、お前らはむしろ仲間だったってことか」

互いの話をいくつか突き合わせた後で、いくらか表情の和らいだ丸平君が呟いた。僕達と同じく山荘の異変に気づいた丸平君は、自分しかそれを感じ取っていないことを知り、この自室に立てこもることを決意したのだという。

「あの紐は言ってみれば接近検知装置だったんだね」

ようやく臨戦態勢を解いた三木さんの質問に、丸平君は首を縦に振る。

「ここは廊下の一番奥で、向かいの部屋は扉に小備品庫って書いてあったからな。ここまで来る人間がいたとしたら、それはほぼ確実に山荘の関係者だ。正直、俺は山荘の人間達を疑ってる。そいつらがいつでも突然俺の部屋を訪ねられるってのは嫌だ。だから念のため仕掛けておいた。……まあ、接近が分かっても何かできるわけじゃない。さっきみたいに制圧されて終わりだったかもしれないけどな」

最後はどこか自嘲気味だった。

「仕掛けておいたって割と気軽に言うけど、そういうのが得意なの？　人を引っかけるとか……」

「人聞きの悪いことを言うな。俺は単に、手先の器用さに自信があって、物いじったり工作したりするのが好きなだけだ」

「ごめんごめん。でも、丸平君みたいに色々な物を作る技術がある人は貴重だよ」

腰を折り、今はあぐらをかいて座っている丸平君に向かって手を伸ばす。

「ファーストコンタクトはあんまり良くなかったけど、これからは協力していかない？　お互い、数少ない生き残りなわけだし」

丸平君は不意を突かれたように小さく口を開け、それから歯を見せて笑った。高校生のそれとは思えないほど使い込まれ、骨ばった手が差し出される。

「断る理由はねえよ。こっちこそ廊下にあんな物置いて悪かった。えーと……」

「わたしは三木ちなみ。二年C組ね」

「B組の街端路人。それと、一年B組の冷海瑞さん」

急に名前を呼ばれた冷海さんは肩をぴくりと震わせ、ゆっくりと丸平君の方を向き頭を下げた。

「……ま、丸平さん。よろしくお願いします」

「おう」

「瑞ちゃん、わたしには挨拶してくれなかったのに！　ひどーい！」

三木さんが小さい子どものように声を上げる。冷海さんは既に、再び僕の背後に隠れていた。

「お前、冷海に何やったんだよ」

「初めて会ったのが、ちょっと男二人気絶させた直後だっただけだよ？」

「それは自業自得だろ……。道理でやけに強い女だと思った」

「何よ、ハゲのくせに」

「ハ、ハゲじゃねえ！　これはわざと剃ってるんだよ。髪が長いと細かい作業のときに集中を乱すからな」

「髪がないのには変わりないじゃん。御山先生と二人でコンビ組めば？」

「んだと！」

まだ少し紐のことを根に持っているのか、三木さんの丸平君に対する態度はなかなか辛辣だった。傍で聞いている分には面白いのだけれど、このままでは話が延々と脱線していきそうだ。

「まあまあ。ところで、この部屋の中って変わった匂いがするよね」

「それ、わたしも言おうと思ってたんだ。薬品みたいな匂い。丸平君が何か変な物置いてるんじゃないの？」

「変な物じゃねえ。ただのペンキだ」

丸平君が、背後のテーブルに置かれた大きな塗料の缶を顎でしゃくる。蓋が開いていて、中からはどろりとした茶色い液面が覗いていた。三木さんは缶に、露骨に嫌そうな視線を向けた。

「なんで開けて放っておいてるの？　臭くて耐えられないんだけど。鼻もムズムズするし」

「落ち着く香りだろ。廊下に充満してる甘ったるい匂いが嫌だから、わざわざ開けたんだ」

「いや、丸平君の感覚ってどう考えてもおかしいよ。……というか、廊下の香りはインテリアだから。あえて香らせてるから。わざわざこんな体悪くしそうな空気吸ってるとか信じられない」

散々な言い様だ。しかし、今回ばかりは僕も三木さんに賛成だった。塗料の匂いは人体に有害だったはずだ。丸平君は工作の趣味でしょっちゅう嗅ぐのかもしれないが、僕達にとっては刺激臭に近い。

「冷海さんも、廊下の香りの方が良いと思うよね？」

首を斜め後方に傾けて訊く。

「えっと……あの、はい」

どう答えるべきか迷いながら、といった口調だった。

「ほらね！　さっさと窓を開け放って……」

だが、勝ち誇ったように換気を宣言した三木さんの手は行き場を失った。僕もすぐその原因に気づく。

「まさか、この部屋って窓ないの？」

「ないな。他の部屋にはあるのか」

「あるに決まってんじゃん。普通の部屋にはついてるよ。鉄格子もセットだけど」

「じゃ、あってもなくても同じだな」

「全然違うから！　特に今みたいなとき！」

苛立ちを隠せない三木さんが、右足のつま先を小刻みに床へ叩きつける。確かに窓がないのは問題だ。丸平君と協力するとは言ったが、僕達がこの部屋に居続ければ、山荘の謎を解く前に体調不良で脱落してしまうだろう。採れる手は一つだけだ。

「それなら、僕達はとりあえず移動するよ。調べたい場所があるからね」

「調べ終わったらどうするんだ？」

「その後は……多分、みんなで僕の部屋に行くかな。暫定の拠点ってことにして。なるべく全員で固まっていた方が良いだろうし」

というか、間違ってもこの異臭空間には戻ってきたくない。

「分かった、俺もついて行く。どうせこの部屋にこだわりなんてないからな。……いや、大丈夫だ。匂いは俺の方で勝手に耐える」

僕の物よりも二回りほど大きいリュックサックを担ぎ上げながら、丸平君が言う。あれが急な移動の際に持ち出す荷物全てなのだろう。僕は準備の良さに感心した。

「あ、そういえば丸平君。さっきの紐、廊下に放置したままだった。誰かに見つかったら面倒なことになりそう」

突然、三木さんがぽんと手を叩く。

「……それ、早く言えよ！」

丸平君が慌てて扉を開けて出て行った。笑いながらついて行く三木さん。その手から離れた扉が自然と閉まり、部屋の中には僕と冷海さんの二人だけが残された。見れば、丸平君は自分の部屋の鍵すらテーブルの上に忘れていっている。

「二人ともそそっかしいね。さ、僕達も出よう」

鍵を取り、ドアノブに触れようとして僕は動きを止める。隣に立った冷海さんが、思いつめたような瞳を僕に向けていた。小さな右手は胸の前で握り締められ、所在なげに細かく揺れている。冷海さんは置き去りにされた塗料の缶に目を移し、また僕を見た。

「どうしたの？」

「……いいえ、何でもありません」

◆◇◆◇◆

自分の部屋に戻った僕は、ベッド脇に置かれていたリュックサックを開けて中身を整理していた。着替えなど必要性の低い物は取り出し、部屋の外で行動する際に使う物だけを入れる。いつ部屋に戻ってこられなくなるかも分からない。これから外出時は、このリュックサックを常に持ち歩くことにしよう。丸平君を見習ってのことだった。

「お邪魔しまーす」

ドアが開き、明るい声が飛び込んでくる。

「お帰り、三木さん」

「部屋に荷物取りに行っただけで、随分と時間が掛かったな」

黒いテーブルの角に腰掛けた丸平君が、早速けちを付ける。

「女の子は色々と入り用なの。もう戻らないとなればあれもこれも必要なんだよ。丸平君みたいに単純じゃないんだから」

「お前と違って、冷海はとっくの昔に帰ってきてるぞ」

「丸平君が無言の圧力で脅すからに決まってんじゃん。瑞ちゃん、先輩だからってあんまり顔色気にしなくて良いんだよ？」

二人の応酬を小耳に挟みながら、持ち物の分別を続ける。しかし僕はふと、一つだけ重大な物がなくなっていることに気づいた。

「三木さん、携帯電話は持って来た?」

「もちろん。コートに……あれ? カバンのポケットだったかな。いや、ポーチだったかも……」

しばらくゴソゴソとあちこちに手を突っ込んでいた三木さんだったが、やがて困ったように首を傾げた。

「なくしちゃったみたい」

「おかしいな。僕もなくしたんだよ、携帯。丸平君は?」

「俺はとっくに気づいてたぜ。家を出るときは確かに持ってたはずなんだが、この山荘に来て気づいたらなくなってた」

「気づいたら? ……ちょっと待って。皆はこの山荘に来たときのこと、覚えてる? 僕は眠りすぎちゃったみたいで、目が覚めたのがこの部屋だったからよく分からないんだけど」

「俺もだ。バスで眠り込んで、部屋で起きた」

「わたしもだよ……?」

二人とも、怪訝な表情で同じ答えを返した。

「冷海さんは？」

返事はない。見れば、冷海さんはベッドの脇に佇み窓の外を眺めていた。その右腕は中途半端に持ち上げられ、窓ガラスに触れるか触れないかの辺りで固まっている。硬い鉄格子の向こうを見透かそうとするような瞳には、どこか物憂げな気配が宿っているように思えた。

「冷海さん」

「……は、はい。何ですか？」

頭を揺らして素早く窓から視線を外した冷海さんは、虚を衝かれたように両目を瞬かせた。

「暑い？　窓、開けた方が良いかな」

「いえ、気にしないでください。それよりも、何か訊きたいことがあるんですか？」

「うん。この山荘に来たときのこと、覚えてる？　皆と同じように部屋で起きた？」

「私も……同じです」

冷海さんの腿の横に下ろされた両手の細い指が、スカートの薄い布地を柔らかく引っかく。

「携帯電話は、確かもともと持ってなかったよね」

「はい」

顎を押さえ、僕は考える。ここにいる全員が山荘に入ってから目を覚ました。言い換えれば、誰も山荘に入った瞬間の記憶を持っていない。そして消えた携帯電話。メールも電話も親相手にしか使う用がないので、僕としたことが今まですっかり失念していた。しかし事実、冷海さんを除いても既に三人が携帯電話をなくしている。

「やっぱり、山荘の人間が怪しいね。僕達がバスで眠っている間に――あるいは何かの方法でわざと眠らせて――携帯電話を取り上げてから、密かにこの山荘に運び込む。できなくはない」

「外部と通信されると困るから、か。人を閉じ込めるには上手いやり方だ」

丸平君は渋い顔で頷いた。それを聞き、三木さんが唇を噛む。

「本当にどうなってるんだろう。分からないことばっかりなのに、怖い影だけがじわじわと迫ってくるみたい。わたし、嫌だな」

冷海さんの方を見やる。視線がぶつかる一瞬、その深い黒色の瞳の底に沈んだ、わずかな淀みを捉えた気がした。……不安。あれは多分、不安だ。

僕はまた考え込む。表面上は平静を装っていても、拭いきれない陰鬱な空気がぼんやりと部屋を包んでいた。状況は三木さんの言う通りだ。謎ばかりが増えていき、解答欄は白いまま。次にどうすれば良いのかも分からなければ、どこから手をつけてよいかも分からない。僕は天才でもなければ秀才でもない。僕の凡庸な頭では、皆を安心させることも先へ進むこともできないのだ。できなければならないのに。冷海さんを支えるという責務は、僕が何としても全うしなければならないのに……。

こん、こん。

扉が二回ノックされた。三木さんは帰ってきたときに鍵を掛けていない。扉に近づく僕を追う冷海さんの目が、大きく開かれたまま戸惑うように揺れる。一体どうするのだろう、といった具合だろうか。

「どなたですか?」

「A組の橋立悠一《はしだてゆういち》だ。そっちは街端で良いか?」

同級生なのだろうが、当然のごとく聞いたことのない名前だ。しかし、向こうは既にこちらのことを知っている。

「うん。何の用かな?」

「先に謝っておかないといけないんだが……お前達を尾行させてもらった。悪意があってじゃない。これは誓える」

「それで?」

「おれも参加させてくれないか。この山荘で起きている異変の調査に」

「……橋立君も、気づいてるの?」

「もちろんだ。そうでなかったら、こんな真似しないで今も談話室で『先生』と楽しく遊んでるさ」

振り返って皆の様子を窺う。丸平君も三木さんも、躊躇いがちにだが首を縦に振った。

「分かった。鍵は開いてる。入ってよ」

◆◇◆◇◆

「二年C組の三木さん、D組の丸平君、それから、一年B組の冷海さん」

僕が部屋にいる全員の名前を一通り紹介し終わると、中途半端な長さに流した黒髪——とは言っても髪型に無頓着なわけではないようで、その流し方には何かしらの作為が感じられた——を指でくしゃりと梳き、橋立君は僕達を見渡す。

「案外、異変を感じ取っている人が他にもいたんだな」

切れ長の目に、理知的で落ち着いた表情。整った顔立ちながら、それは軽さというよりも賢さを連想させる。普段は他人の外見をそういう目線で観察することのない僕から見ても、橋立君はいわゆる好青年だった。

「いつから僕達を尾行していたの？」

「街端と冷海が三木と会ったところからだ。物音がしたから駆けつけたら三人がいて、とっさに隠れた。三人がどういう立場の人間なのか、まだ分からなかったからな。でも会話を盗み聞きしていて気づいた。健常者だ、と」

「健常……」

物々しい言い方に、三木さんが思わず繰り返す。

「そうだ。皆もここにいるなら分かっているんじゃないか？　おれ達は数少ない健常者。他のほとんどの人間は異常者だ。おれだって、お前達に会うまでに色々な人間と話した。いつもつるんでる奴らに異変の話をしたこともあった。それでも、全ては徒労だったさ。……なあ、街端。お前はこの山荘の違和感について、ここにいる以外の人間と話したか？　熱心に説明してもまるで聞き入れられないなんて経験をしたか？」

「僕は……してないよ。初めて打ち明けた相手が、冷海さんだったから」

「それはラッキーだ。最初に冷海に会えた偶然と、何より冷海自身に感謝しないとな」

もちろんだ。僕は首肯する。冷海さんにはいつでも感謝している。耐えようのない孤独という深い大地の裂け目から、僕を間一髪で救い出してくれたのだから。

「でも、その幸運のせいで見落としているものもある。玄関や窓なんかより、おれ達以外の人間の方が遥かに異常だってことさ」

橋立君は、腕を組み壁に寄りかかった。

「おれはたくさんの人間と話した。友達も知り合いも異常だった。正面玄関の外の様子を伝えても、当然信じてはくれない。まあ、これは良い。その後でおれは、それなら一緒に見に行こうと提案した。何て言われたと思う?」

一体何だろう。考えてみれば、実物を見せつけるというのは良いやり方だ。いくら現実がまともに見えていないとは言っても、目の前に連れて行き触らせれば流石に気づくに違いない。けれど、橋立君の声は、上手くいって友人が目を覚ましたという成功譚を語るには暗すぎた。

見れば、三木さんと丸平君は同情するような目を橋立君に向けて頷いている。おそらく二人には橋立君と同じ経験があり、答えが分かるのだろう。

「山荘の外で騒いで近所迷惑になるとまずいから、外出は控えるようにと先生や主催委員から言われている。だからできない。変なことはやめろ。この一点張りだ」

「そんな注意、されたかな……」

聞き覚えがない……と思う。しかし、もともと諸注意など大して集中もせず聞き流していたので、改めて思い出そうとすると怪しくなってくる。

「絶対にされてないよ。オッサン先生なんてバスで、せっかく田舎に行くんだから山荘にこもっていてもつまらないぞ、って言ってたし」

三木さんがはっきりと言い切る。丸平君も反論はないようだった。

「そう、されていないんだ。間違いなくされていない。そんな指導はどのミーティングにもなかった。にもかかわらず、おれが話した相手は強迫的にその注意とやらを主張し続けて、てこでも動かない。まるで玄関の外を見ること自体を避けるみたいに。鉄格子があることを理解させるために窓を開けさせようとしても、全然従わなかった」

僕は呆然と口を開けていた。橋立君が淡々と告げていく光景は、どれも常軌を逸している。

「極めつけは先生のことだ。談話室にいるオッサン先生は……」

橋立君は僕の顔をちらりと見やると、息をつく。

「……いや、これはもう全員知っているみたいだな。とにかく、これで分かってくれたか？　一番注目するべき問題は空間がおかしいことじゃない。その空間にいる人間の思考までもがおかしいことなんだ」

「そいつらには一体何が起こってるんだ？　ありもしない記憶や知識に従うなんて……」

理解できないという様子の丸平君に対し、橋立君も肩をすくめて見せた。

「それは分からないさ。まだ誰にも分からない。でも、誰がそうさせたのかは想像できる。皆が異常な状態に陥ることで、唯一得をするのは誰だ？」

「俺達を閉じ込めている奴らか」

「そうさ。方法や目的はどうであれ、おれ達を閉じ込めることと、閉じ込められていることを認識させないことは繋がるからな」

橋立君の言葉に頷きつつも、僕は状況がますます不可解に思えてきた。第一、人の頭の中身に干渉するなどという大それたことを実現する方法なんて、想像もつかない。よく分からない電波とか、変な薬物とかだろうか？　大国の諜報機関や研究所、犯罪集団なんかはそういう技術を開発しているのかもしれないが、そもそもそんな組織がただの高校生達を田舎の山荘に閉じ込める理由がない。そこに目をつぶり、何かしらの目的があって僕達を閉じ込めたと考えても、現にたった数十人の部員のうち五人が正常なままでいるのだ。今度は逆に、とんでもない技術を持っている国家レベルの巨大な組織の割には、確実性が低すぎるのではないかという気がしてきてしまう。

「そしてここから、おれ達がこの先何か行動を起こしていくにあたって、重要な論理が導き出せる」

「それって何？」

「奴らは……つまりおれ達を閉じ込めている人間達は、支配下に置けていない生徒がいることを知れば高い警戒感を抱く。おれ達は言ってみればイレギュラー、奴らの指の間からするりと抜け落ちて、未だ地面に落ちたことに気づかれていない異分子だ。だからこそ、おれ達はそのことを隠さないといけない。ここから脱出することになれば、最後の最後までとはいかないかもしれない。それでも奴らには、ぎりぎりまでおれ達が抵抗していることを悟られてはいけないんだ」

「異常な感覚を植え付けられている生徒と接触するのは危険ってこと？」

「山荘の職員、談話室にいたオッサン先生を名乗る不審な男も含まれる。あの人間達も正常な感覚を失っているのか、あるいはおれ達を閉じ込めている側なのか……。とにかく、およそおれ達以外の誰に対しても、山荘の異変について広めるのは危険だと思う。もし敵側の人間が聞きつければ、すぐに発信源を特定して排除しに来るだろうしな。もう接触してしまった分は……悔やむしかない」

苦々しい口ぶり。その表情は本当に悔しそうだった。部屋に降りた沈黙に気づき、橋立君は頭を軽く振りながら謝る。

「……ごめん。突然部屋に入って来て、いきなり喋りすぎた。とりあえず、これが今おれの考えてることなんだ」

「謝る必要なんかないよ。冷静に状況を観察して分析できる人って、僕はすごいと思うな」

橋立君は僕達に会う前から、たった一人で現実に直面しながらも慎重に思考を組み上げてきたのだ。その事実に深い賞賛の念が湧く。彼は多分、恐怖や不安といった感情に惑わされることなく、それらとは切り離した場所で物事を吟味できる人なのだろう。すぐに感情にとらわれて混乱してしまう僕からすると、橋立君は非常に頼もしい人物に見えた。

僕の言葉に、三木さんと丸平君も続く。

「街端君の言う通りだよ。強力な助っ人が増えちゃった」

「そうだ。あんまり辛気臭いこと言うな」

僕は冷海さんに、目でサインを送る。

「……は、はい。橋立さん、私もそう、思います」

おかっぱ頭が素早く下げられる。歯切れは悪いが、何とか一応の受け答えにはなっているだろうか。

「ああ、ありがとう」

ごめんね、とフォローを入れようとしたところで、橋立君が台詞を遮り僕に耳打ちする。

「人見知りなんだろ？　気にするなよ。こんな些細なことで気分悪くなったりしないさ」

流石だ。他人への配慮も抜かりない。……橋立君にはきっと友達がたくさんいるのだろう。ふと、そんなことを考えた。

「冷海のことは、ちゃんとおれ達が守ってやらないとな。街端の恩人なんだから」

「うん、その通りだよ。ありがとう」

僕は囁き返した。

「それでそれで、次はどうするの？」

三木さんが身を乗り出して訊く。人数が増えたのが心強いのか、すっかり上機嫌だ。その様子を見た丸平君は、すぐさま冷やかしに掛かる。

「橋立が来たからって調子付きすぎだろ、お前」

「新しくメンバーが増えたら、嬉しいのは誰だって当たり前だよ」

「俺のときはそうでもなかった癖に」

「丸平君なんて誰彼構わず転ばせようとするただの不良じゃん。それに比べて橋立君は知的だし？」

片目だけを開け、ふんと鼻を鳴らす三木さん。

「んだと三木！」

やめておくんだ丸平君。相手はインテリで二枚目ときた。勝ち目はない。

当の橋立君は、やはり知的な面持ちで少し明後日の方を眺めると、目線を僕達に戻して口を開いた。

「まずは、この山荘の情報が必要だと思う。行ける限りの場所を調べるべきだ」

「廊下なら僕達が一通り回ったよ。一番東の通路の行き止まりに、見取り図にはない扉があった」

「……本当か？　それは重要かもしれない。ひとまず廊下は除外だ。次に、他の生徒の部屋に侵入するわけにはいかないから、客室も除外。談話室も様子は分かっているから除外。それ以外に目ぼしい部屋となると……食堂、体育館、備品庫、事務室か。せっかく五人いるから、それぞれの場所を手分けして探索しよう」

「分かれるのは危険じゃないかな？　この山荘は多分敵だらけなんだし……」

僕は反対した。敵地のど真ん中で一人になるくらいなら、全員で一か所ずつ回った方が安全に思える。

「確かにな。でも、奴らはまだおれ達が抵抗していることに気づいていない。そうだろ？」

「うん」

橋立君はにやりと笑った。

「だから、かえって今のおれ達はかなり安全なんだ。おれ達がその辺を歩き回っていても、露骨に目立つことをしなければ奴らは気に留めない。おれ達を支配できていると思い込んで油断しているからな。少しくらい怪しくても、それはそれで奴らにとっては対処しにくい。『あなたは自分が閉じ込められていることに気づいていますか？』なんて馬鹿馬鹿しい質問をして、確証を得なきゃならないんだから。あと……」

橋立君の腕時計が、銀色の光を反射して翻る。

「もう六時過ぎだ。七時から食堂で夕飯だろ？　全員で動いていたら、一部屋にあまり時間を割けなくなる」

「なるほどね……。分かった。異論はないよ」

非常事態に引きずられて基本的な予定を忘れていた。また悪い癖だ。感受性は豊かでもないのに、大事なところで焦ってミスを犯す。僕は顔が若干熱くなるのを感じた。

「それじゃ、おれは事務室に行く。確実に職員がいて一番危険だからな」

壁から背中を離し、橋立君が言った。

「わたしは体育館で。体力には自信あるから、広くてもさっさと全体見て回れるよ」

「なら俺は備品庫だ。開いてるかは知らないが」

「じゃあ、僕と冷海さんで余った食堂を見てくるよ。良いよね、冷海さん？」

「はい」

全員が立ち上がり、部屋の中央に集まる。

僕は整理の終わったリュックサックを拾い上げ、扉を開いた。

2　秘密の抵抗と純金の花弁

冷海さんと並んで、食堂へ続く道を進む。廊下には二人分の足音だけが密やかに反響していた。

僕は目だけで、冷海さんの端整な横顔を盗み見る。だがその瞬間、偶然にも全く同時に冷海さんが口を開き、僕は若干狼狽えた。

「先輩。手、大丈夫ですか？」

「手……？」

腕を上げ、目の前で両手のひらを大きく開く。今までは一切気づかなかったが、指先にいくつか細い切り傷がついていた。さらに近くでよく見ると、人差し指や親指の腹はうっすらと黒色に汚れている。他人の、しかもこんなに小さな異変を目ざとく見つけ出すとは。僕は純粋に、冷海さんの観察眼に感心した。

「リュックの中身を整理してるときに切っちゃったのかな。本も入ってたし。でも大丈夫だよ、言われるまで気づかなかったくらいだから。そう言う冷海さんの方こそ大丈夫？」

「何がですか？」

素朴な黒髪の毛先が控えめに跳ね、大きな瞳と目が合う。

「いや、ここしばらくあんまり声を聞いてなかったからさ。次々と新しい知り合いが増えて、気疲れしてるんじゃないかと思ったんだ」

「そういう意味でしたか。平気ですよ。この非常時に、細かいことは気にしていられませんから」

空元気と言うには抑揚の足りない平静な口調には、一欠片のほころびも見られなかった。

「まあ、心配しないでよ。僕や二年の皆が、絶対にこの山荘の出口を見つけ出してみせる。非常時こそ、後輩にかっこ悪いところは見せられないからね」

「……」

冷海さんは澄ました表情のまま、丸平君の部屋で見たのと同じ瞳を僕に向ける。その口は貝のように固く閉じられていた。

「あれ、もしかして頼りないかな。……ああ、確かに僕は役に立たないかもしれないけど。僕以外の皆は、色々と特技も持ってるし良い人達だから、絶対に力になってくれるよ。というか下手をしたら、僕もこれからは皆に助けられる側に回るんじゃないかな？」

僕の乾いた笑いが通路に拡散し、足音を一瞬だけかき消してから自身も霧散する。

「……それは謙遜が過ぎると思います。先輩にだけできることが何もないなんて、そんなことはあり得ません」

わずかに息を溜めてから、冷海さんがはっきりと言った。

冷海さんなりに気を遣ってくれているのだろう。支えるどころか逆に心中を察せられてしまったことで、ますます自分が弱い人間に思えてきた。むくむくと頭をもたげる恥ずかしさを隠すために、僕は話をはぐらかす。

「珍しく褒めてくれたね。普段は僕のことを失敗の塊のごとく糾弾するのに」

「心外です。私はいつも公平に物を見ているだけですよ。先輩の結構な部分が失敗でできているのは事実なので、それを指摘することはありますけど」

「手厳しい」

会話が既定のコースを一周し、僕は安堵した。部屋にいるときは緊張して見えたけれど、やっぱり冷海さんは冷海さんだ。周囲が異常な状況であるからこそ、山荘に来るまでと何も変わらない会話がもたらす安息は計り知れない。

そうして歩いていると、左手に食堂の扉が見えてきた。談話室の物と同じタイプの扉だ。

夕食まであまり時間がないが、もう配膳が始まっているのだろうか。もしそうであれば入りにくい。試しに扉をノックしてみたが応答はなかったので、僕は思い切って扉を引く。果たして、そこには無人の空間が広がっていた。

「良かった。誰もいないみたいだ」

食堂の端から端まで、ざっと視線を走らせた。特殊な物は見当たらない。品の良い薄緑色のテーブルクロスを被った、八人掛けの長テーブルが八つ並んでいる。

「でも、明かりは点いていますね。それに良い香りがします」

まだテーブルの上に料理は載っていないが、冷海さんの言う通り、食堂は焼き魚の香ばしい匂いに包まれていた。同時にもうお馴染みとなった甘い花の香りも立ち込めているので、二つの匂いが混ざり合って何とも言えない変な香りになっているけれど。

「すぐに人が来るかもしれません」

「そのときはそのときで、適当に説明をでっち上げれば良いよ。先に入った者勝ちさ」

部屋というのは不思議なことに、先に中へ入った人に絶対的な力を与えるものだ。後から入る人は、既に中にいる人達が作り出した独特の世界を傷つけないように注意しなければならない。その世界に自分が進入するにあたり、道理の通った正しい通行手形を用意しておかなければならないのだ。反対に、予め部屋にいた人達は何も心配しなくて良い。彼らには、わざわざ彼ら自身が証明するまでもなく、『ここは最初からそういう世界だった』という道理があるのだから。

「先輩、こっちにもう一つ扉があります」

部屋の左奥から、冷海さんが僕を呼ぶ。

「うん、分かってる。そこを見たら撤収かな」

たかが食堂だ。テーブルと椅子以外ろくに家具も置かれていないこの場所には、やはり大した物もないだろう。半ば諦めながら最後の調査項目である扉の方へ向かっていると、まさにその扉が、冷海さんのすぐ隣で何の前触れもなく開いた。

僕と冷海さんが同時に息を呑む。扉の先にあった部屋には大鍋やコンロがところ狭しと並んでいるのが見えた。厨房だったのか。

「あら、ご飯の時間はまだ先よ?」

扉の向こうから現れた職員と思しきエプロン姿のおばさんは、色とりどりの皿を満載した台車を停めて僕達に話しかけてきた。その面持ちは柔和で、声も一般的な中年女性が若者を可愛がるときのそれだ。こちらを警戒している様子はまるでない。しかし、この人が僕達を閉じ込めている集団の一員かもしれないというのも、また事実だった。

「え、ええと、僕達は……」

「浜岡さーん、どうかした?　次の台車出してほしいんだけど」

僕の弱々しい台詞を踏み消すように、厨房から別の中年女性の声が聞こえた。

「はーい！　すぐ行くわー！　……ごめんなさいね。それで、どうしたの?」

出鼻をくじかれ、思わず僕の舌は動きを止めてしまった。頭の中には、地面に描かれた太い国境線のイメージが浮かぶ。浜岡さんと呼ばれたおばさんとの間に、決して音を通さない皮膜が出現したかのような錯覚。何をしているんだ。早く言い訳をしなければ怪しまれるぞ。いくら叱咤しても、自分自身の内部から返ってくる反応は鈍かった。

そんな僕を見かねて、すかさず冷海さんが説明する。

「すみません。私達、夕食の時間を間違えてしまったみたいで」

「あらあら、かしこまらなくて良いのよ。でも、もう少しだけ部屋で待っててね」

「はい。先輩、行きましょう」

きびきびと出口へ向かう冷海さんを追いかけるようにして歩き、振り返ることもなく食堂を出た。

扉を閉め、ようやく息をつく。

「ごめん、話を任せちゃって」

「良いですよ。いつも……」

結局、いつも何なのかは聞くことができなかった。そこへまた、臙脂色の作務衣を着た別の職員が通りかかったからだ。

「こんばんは。また会いましたね」

言いつつ丁寧に頭を下げる若い女の職員。しかし、僕はこの人と面識がない。また会ったとはどういうことだろう。誰か別の人と勘違いしているんじゃないだろうか。

冷海さんはと言えば、特に疑問を持つ気配もなく会釈を返している。

「お疲れ様です」

「いえいえ。どうぞ、ごゆっくり」

立ち去る職員の背中を見送りながら、僕は冷海さんに質問した。

「今の人と前に会ったことなんてあったかな？」

「ありましたよ。体育館の前で――いえ、そうでした。私が先輩を見かける前、偶然一人で体育館の近くを通ったときに会ったんです。先輩は初対面だったかもしれませんけど」

「驚いたよ。いきなり、また会いましたねなんて言われるんだから」

「……確かに、それは驚いて当然です」

冷海さんは目を閉じて深く頷いた。

「じゃあ、そろそろ部屋に戻ろうか。他の皆を待たせてたらまずい」

「収穫もありましたしね。あの厨房に何かヒントがあるかもしれません」

「いや、その線は薄いよ。厨房の窓の外にも鉄格子があったんだ」

「それは……」

冷海さんが言葉に詰まった。僕の言おうとしたことを理解したのだろう。僕達はまだ、僕達を閉じ込めている人間の手の上を歩き回っているに過ぎないのだ。

「先輩、少しロビーに寄らせてください」

「うん。良いけど……？」

早足で歩く冷海さんの後について、入り口ロビーへ向かう。冷海さんは見取り図が掛けられた太い柱の横を通り過ぎ、迷わず正面玄関の自動扉へと突き進む。しかし、扉を開けて出て行くのだろうという僕の予想を裏切り、冷海さんは自動扉まであと二、三歩のところでぴたりと足を止めてしまった。

「外に出たいの？　あんな気味の悪い場所、僕は二度と行きたくないな。甘い香りがしない空気を吸えるのだけは嬉しいけど」

冷海さんは黙っている。そのまましばらく逡巡するように立ち尽くしていたが、やがて消え入りそうな声で呟いた。

「……すみません。もう大丈夫です。帰りましょう」

◆◇◆◇◆

部屋に戻ると、三木さんがベッドの上で大の字になっていた。暑いのかブレザーは脱いでいて、白いブラウス姿だ。

「三木さん」

滑らかなシーツの表面に、まるでまな板に載せられた海藻のごとく伸びているポニーテールに歩み寄り、僕達の存在を知らせる。わずかな静寂の後、安らかに閉じられていた両目がかっと開いた。三木さんの身体が、そのままテレビの方まで飛んでいきそうなほどの勢いで跳ね起きる。

「ね、寝てないよ！　他人のベッド勝手に使うとかあり得ないから！　目をね！　目をちょっと休めてただけ！」

三木さんの右手が手刀の形を保ったまま、僕の顔の前で左右に高速移動する。

「いや、寝てても良いけどさ」

僕はリュックサックを床に置きながら、何気ない口調で答えた。含み笑いを完全に噛み殺せたかどうかは定かでない。

「ああ、やっちゃった……。荷物整理してたらいつの間にか……」

本当に座れているのか怪しいくらい浅くベッドの端に腰掛け、三木さんは紅潮した顔を手で押さえた。

「大体、街端君達が帰ってくるのが遅いからいけないんだよ」

「三木さんが早すぎるんじゃないかな……」

丸平君も橋立君もまだ帰ってきていないので、部屋にいるのは三人だけだ。他の人を入れて初めて意識したことだが、この部屋は個室というのが信じられないくらいに広く、五人全員で集まってもそこまで狭く感じられないほどだ。そのため現在の状態では、かなりゆったりと空間を使うことができる。

さて、考える人のようなポーズで硬直した三木さんと大小の荷物がベッドを占拠しているので、ベッドには座れそうにない。どこに陣取ろうか。僕は考えを巡らせる。するとそのとき、僕の横を通り過ぎた冷海さんが真っすぐにベッドへと向かい、迷いなく三木さんの隣に腰を下ろそうとした。

「冷海さん、待って待って」

「な、何ですか？」

半分腰を浮かせた状態で冷海さんの動きが止まる。良かった。

「そこ、物があるから」

冷海さんが今まさに座ろうとしていた場所には、三木さんの物であろうポーチが置かれていた。

僕の言葉を聞いて素早く立ち上がった冷海さんは、振り向いてベッドを見下ろす。

「……すみません。気がつきませんでした」

「あっ、ごめんね瑞ちゃん！　今どかすから！」

「ちゃんと場所は空けておいてよ？　ただでさえベッドは狭いんだから」

三木さんの石化が解け、ポーチが回収される。しかし今度は冷海さんの方が、しわの寄ったシーツに目を落としたまま座ろうとしない。

「ほら。どかしてくれたから座りなよ」

「はい……」

身体になるべく衝撃を与えたくないとでも言うかのように、そろそろとベッドに座る冷海さん。さっきも心ここにあらずといった様子だった。やはり、慣れない環境で疲労を感じているんじゃないだろうか。僕の疑念はほとんど確信に変わっていた。

「冷海さん……」

「心配ありませんから」

ぴしゃり。発言を容赦なく切り捨てる技は健在だった。僕は黙り込む。ここで怯まず切り込むのが先輩のあるべき姿なのかもしれないけれど、僕にはそれができない。拒絶を跳ね返す勇気が持てない。なぜ？　相手が冷海さんだから？　もし相手が他の人物だった場合を想像する。できない。想像の相手は全身真っ黒のままで、他の人物なんて一人も思いつかなかった。

「ところで、体育館はどうだった？　何かあった？」

心配そうにちらちらと冷海さんの顔色を窺っていた三木さんは、一転して申し訳なさそうな笑顔を浮かべながら僕の質問に答えた。

「裏口くらいあるかと思ったけど……役に立ちそうな物は何にも。男子が集まって遊んでたから、怪しまれないように調べるのが大変で」

「お疲れ。食堂の方もこれと言った収穫はなかったよ」

分かったことと言えば、夕食の献立に焼き魚が含まれていることくらいだ。これと言えないことこの上ない。

「そっか」

三木さんは簡単に相槌を打ち、その場に立ち上がって伸びをした。続いて固まった体をほぐすように背中を反らし、ぎゅっと目をつぶって腕を曲げ伸ばしする。けれどその動きは、気だるさというよりも、慣れ親しんだストレッチメニューをこなすアスリートのような雰囲気を醸し出していた。

「そういえば三木さん、僕も勉強すれば護身術を使えるようになるって本当？」

「もちろん、誰でもできないことはないよ。街端君はやってみたいの？」

「まあ、ね。こんな状況になってからじゃ今さらだろうし、そう簡単に動きが身体に染みついたりはしないだろうけど、知識くらいはつけておきたいと思うんだ。この山荘から出るために、僕達を閉じ込めている連中から、力ずくで逃げる必要があるかもしれない」

何の取り柄もない僕だけれど、せめて足手まといにはなりたくない。最低限、皆について行って一緒に先へ進むことを許される人間でありたい。そういう漠然とした欲求から、突然生まれた思いだった。

「ふーん」

三木さんは品定めするように僕を見る。目の前の人間が何を求めているのかを推察している。

訂正、多分これは僕の思い込みだ。

三木さんは何も考えずにただこちらを見ている。目の前の人間が何を求めているのかなんて推察していない。

「……じゃあ、ちょっと身体動かしてみようか！」

ベッドから離れて部屋の中央へ移動した三木さんが、にっこりと笑って手招きした。僕は若干の緊張を感じながら進み出て、三木さんと向かい合わせに立ち止まる。

冷海さんも興味を惹かれたようで、僕と三木さんの姿をどことなく注意深い目つきで眺めている。

「最初は基本の回避動作と防御動作からね。色んな方向から攻撃されたら、あるいは羽交い締めとかで拘束されかけたらどうするかを勉強するよ。まずは正面から。わたしが相手役として殴りかかるから、普通に避けてみて」

僕の胸の辺りへと、当てる気のなさそうな緩いテレフォンパンチが向かってくる。とっさに左足、右足と後ずさった。

「えいっ」

途端、三木さんがすり足気味に前方へ飛び出す。それに従って握りこぶしは速度を増し、そのまま僕のブレザーの腹にぽすりと命中する。当然、痛くもかゆくもない。羽のように軽く柔らかい正拳突きだった。

「はい全治二週間」

「申し訳ありません師匠」

「あはは、何それ。とにかく、攻撃をかわすときは延長線上に逃げちゃだめだよ。どっちか軸足を決めておいて、もう一本の足を軸足の後ろに下げながら身体を横にしてかわすの。相手が空振りした後は、出した腕をつかむなり背後に回り込むなり、自由に行動できるから。それと例外だけど、どうしても足を下げる時間がないときはしゃがむのもありだね。じゃあ、もう一回」

……。

様々な動作を繰り返し教わるうちに、僕の意識から三木さんの姿は消えていた。

僕はかわす。僕はいなす。僕は受け止める。

これから僕の前に立ちはだかるかもしれない、敵の攻撃を。

◆◇◆◇◆

「お前ら、何やってんだ？」

部屋の扉が開き、むすっとした顔の丸平君が顔を覗かせる。

「ふう。お帰り、丸平君」

僕はポケットから灰色のハンカチを取り出し、額にうっすらとかいた汗を拭った。

「三木さんと格闘の訓練をしてたんだ」

「……街端、一つだけ忠告しておく」

丸平君は眉根にしわを寄せ、深刻な表情で言った。

「力ってのは、適度に抑えて正しく使うもんだ。純粋に技術を学ぶのは良いが、三木みたいにだけはなるな」

「ちょっと！　わたしを危険人物扱いしないでよ！」

「まあまあ」

先手を打って割り込む。面倒なことになる前に、まずは丸平君の話を聞きたい。

「これだけ遅くなったってことは、備品庫は開いてたんだ？」

「ああ、とりあえず鍵は開いてたな。もちろん、俺が入れたのは単なる偶然で、いつでも開いてるわけじゃないって可能性もあるけどな。……しかし、ここの備品庫はすごいぞ」

丸平君は巨大なリュックサックを肩から下ろしつつ、深く頷く。たかが倉庫にすごいという形容詞を使うのは、かなり大仰な気がするけれど。

「どんな風に？」

「本当に何でもある。文房具、工作用品、調理器具……小さいホームセンターみたいなもんだ」

「山荘の人達のためだけじゃなくて、そういう道具を使う催しのためにも用意してるんじゃない？　学生の団体客だと、作業系のイベントをしたいってところも多そうだし」

三木さんの意見はあり得そうな話だった。緑豊かな田舎の山荘。課外活動にはうってつけだ。

自由に外に出られればなお良い。

「……それでも出口だけはなかったけどな。第一、あれは倉庫だ。扉どころか窓の一枚すらなくても当然だろ」

丸平君は大きな両手を頭の横で広げて見せた。

「となると、あとは橋立君の報告を待つだけだね」

言いつつ、僕は腕時計を覗き込む。六時五十五分。夕食が始まるまで、もう五分しかなかった。

部屋一つを見に行ったにしては時間が掛かっている。まさか、途中で何かあったのだろうか。

何となく目を上げて扉に視線を投げると、ドアノブが小刻みに震えてくるりと回った。

「ごめん、遅くなった。時間を一番気にしていた奴が最後に帰ってくるっていうのも、変な話だよな」

橋立君は、疲れたように首を回しながらおどけた。

「なかなか帰ってこないから心配したよ」

「当たり前だけど、他の部屋と違って事務室には職員がいる。だから色々と口実を作って、何度も出たり入ったりしながら情報を集めないといけなかった。部屋の場所を聞くふりをしたり、物をなくしたふりをしたり……。時間も掛かるし骨も折れるさ。まだ全然調べ足りないくらいだ」

その口からは短い溜め息が漏れた。

「でも、おかげで興味深い情報が手に入った」

「なになに？」

目を輝かせる三木さんに向かって、橋立君は首を横に振る。

「それは食後だ。遅れて食堂に入って行って、悪目立ちしたくはないだろ？」

「……あ、そっか」

タイミング良く冷海さんも立ち上がった。

「先輩、そろそろ行かないと」
「うん。それじゃ、続きはまた後で」

◆◇◆◇◆

食堂はやはり賑やかな喧騒で満ち満ちていた。座席が自由なのを良いことにグループで集まり、雑談を潤滑油に食卓を囲む。当たり前と言えば当たり前なのだけれど、この空間の正体を認識している僕から見れば、背筋が薄ら寒くなる風景だった。特に一番奥のテーブルには、誰あろう『御山先生』が猫背気味に座っている。しわの多い鼠色のスーツに身を包み、生徒達にちょっかいを出されながら不機嫌そうな表情で料理を咀嚼していく姿を見ていると、異物という言葉が脳裏をよぎった。そう、あの男は一見平和で幸福そうな領域に紛れ込んだ異物だ。主にあの男のせいで、この部屋全体に底知れない居心地の悪さが漂っている。本当に何なんだ、あいつは？　一体何者だって言うんだ？

「……」

お前は誰だ、と大声で叫び出したくなる衝動を抑え、僕は黙々と料理を口に運ぶ。同じテーブルに座っているのは全員知らない部員達なので、言葉を発する必要は一切ない。僕の部屋にいた面々で集まって座る案もあったが、学校であまり一緒にいない人間が集まっていると余計な注意を引いてしまう、という橋立君の意見により却下された。そのため、ひとまず夕食の間だけ他のメンバーのことは意識せず、各々でいつも通り過ごすことにしたのだ。

箸を持つ手は休めずに、目だけで素早く皆の様子を窺う。三木さん、丸平君、橋立君の三人は比較的席が近いようだった。それぞれ互いに話しかけたりはしないが、同じ大きなグループの会話に交じって笑っている。異常な認識を持った生徒達に周りを囲まれ、かつあんなに不気味な謎の男と同じ部屋にいるにもかかわらず、その振る舞いは動揺や緊張を微塵も感じさせない。僕みたいに不器用な人間には、とてもあんな真似はできないだろう。事実、今もついつい皆のことを盗み見てしまっている。

誘惑に駆られ、続けて僕は冷海さんを探す。見つけた。僕ともさっきの三人とも離れたテーブルに座り、二人の女子生徒と話をしながら綺麗な手つきでご飯を口に運んでいる。おそらく、あの人達が冷海さんの友達に違いない。二人のうち、ショートカットの活発そうな女の子が大きく腕を振りながら興奮気味に話し、もう一方の三つ編みに眼鏡の女の子がそれをたしなめている。その様子を見て口を動かし何か言いながらも、冷海さんの表情はいつもの無表情だ。やはり親しい親しくないに関係なく、誰に対してもああなのだろう。けれど、僕には冷海さんの無表情が少し和らいだものに見えた。その目は部屋にいたときのどこか張り詰めた目ではなく、安らいだ光をたたえた瞳だった。

そのまま眺めていると、冷海さんが動かした視線が不意に僕の視線とぶつかった。なんて運が悪いんだ。金縛りに遭ったかのように固まっていると、我慢できなくなったのか冷海さんがわずかに首を傾けた。

――どうかしましたか。

声が聞こえてくるようだった。

僕は小さく首を横に振ると、すぐ両目を味噌汁の椀に向け直す。誰よりも僕達自身のために、こうしなければならないのだ。

傍から見れば、いつも教室の隅でとっている昼食と何ら変わらない一人の食事。しかし今は、こうすることが重大な義務であり他の皆との協力の証だ。今、僕が一人で黙って食物を摂取する行為には、正しい意味づけと位置づけがなされている。普段は食べ物の味に対する感想以外何も生まれない心の中に、責務を果たしているという確かな達成感と高揚感が沸き立つのを感じた。他の人間には理解できなくとも、僕達にだけは抱ける感情。他の人間には気づけなくとも、僕達にだけは分かる事実……。

良い気分だ。

本当に、良い気分だ。

心の中で呟く度に、電灯に照らされた料理達が一段と輝きを増していくようだった。

「……ご苦労様です」

「あら、そんなことないわよ。あなたこそ、いつもごめんなさいねぇ」

他の生徒達の雑談とは毛色の違う会話が耳に入ったので、僕は声のする方を横目で観察する。厨房の扉の前で、大きく膨れたゴミ袋を何個も載せた台車を挟み、二人の職員が話しているのが見えた。片方はさっき食堂を探索した際に会った厨房のおばさん――浜岡さんだったっけ――で、もう片方はエプロンではなく作務衣を着た若い男だ。半透明のゴミ袋の中には、野菜くずや魚の頭などがたっぷり詰まっていた。

「では、ここから先はやっておきますので」

男性職員が頭を下げ、台車を受け取って方向転換する。きっと、調理の際に出た生ゴミを捨てに行くのだろう。建物内に置いておくのはあまり衛生的でない。あの台車で外の集積所かどこかへ……。

手に持っていた箸が、かちゃんと音を立てて皿の上に落ちた。二本の木の棒はそのまま転がっていき、テーブルの端でようやく静止する。向かいに座る知らない女子生徒の二人組が素早くこちらを見るが、僕が伏せていた目を上げると、すぐにお互いの顔を見合わせて何か囁き声を交わし始めた。

しかし、そんなことはどうでも良い。この人達が何を話していようが僕には関係ない。今はそれより遥かに重要なことがあるのだ。

僕は、ゴミ袋を積んだ台車を押して歩く職員を目で追う。職員は『御山先生』の前で立ち止まり二言三言話したかと思うと、今度は二人で歩き出し、食堂から出て行った。

もう一度部屋全体を見回す。おばさんはもう厨房へ戻ってしまい、それ以外に職員はいない。食堂には生徒しか残っていなかった。

無言で席を立つ。顔には一分の感情も出さず、そのまま流れるように食堂の出入り口へ。誰とも目を合わせないようにして、談笑の余韻が微かに反響する静寂と、四方八方から突き刺さる好奇の視線を撥ねつける。ほら、何を気にしているんだ。僕のことなんか見ていてもつまらないよ。皆は気にせず僕以外の皆で楽しんでいてくれれば良いんだ。毎度毎度の得意技じゃないか。

「……」

扉は滑るように閉まった。同時に、車輪の転がる低い音が廊下の角へ消えていく。僕は追いかける。二人は細い通路に入って行く。ロビーから伸びる五本の通路のうち、一番東の通路へと。

東端の廊下の中ほど。曲がり角の手前で立ち止まり、壁に背中をつけた。耳を澄まし、見えない通路の突き当たりへと全神経を集中させる。今、この先にはあの二人がいる。この廊下の突き当たりにだけある、重要な物と一緒に。

金属が擦れ合う控えめな音が聞こえた。続いてドアノブをひねる音。そして、軋みながら扉が開く音……。

瞬間、風が吹いた。

何の前触れもなく、廊下の奥から僕の方へ。力強い一筋の空気の流れが頬を撫でる。甘い香りに刺激され続けて疲れた鼻孔をくすぐる、春の匂い。具体的に形容することはできないし、季節に匂いがあるというこの主張を、他人が認めてくれるかも分からない。けれど、それは確かに春の匂いだった。大気が限られたわずかな期間だけ内包する、春そのものの匂いだった。

「外はまだ、夜だと肌寒いですね」

「そうだな。……ほら、早く」

「あ、すみません。行ってきます」

『先生』に急かされたことで、若い職員の声色に焦りが混じる。一体、『先生』はどんな立場の人間なのだろうか。

やや間があって、いくつかの物音が重なり合って響き、途絶える。同時に、冷たく新鮮な空気の筋も断ち切られた。

「すみません。全部置けました」

そろそろ潮時のようだ。僕はそっと壁から背中を離し、足音を立てないようにしながら小走りで食堂への道を急ぎ始めた。

◆◇◆◇◆

「つまり、その正体不明の扉は裏口だったってことか」

再び五人が集まった部屋。今しがた見てきた光景を説明した僕に、橋立君は鋭い視線を向けた。

「となると、そこを通ってこの山荘から抜け出すのが、おれ達のとりあえずの目標になるな」

「けど、そのためには裏口の鍵が必要だよね。どうやって手に入れれば良いんだろう？」

人差し指と中指を顎に這わせながら、思案顔で言う三木さん。

「少なくとも、鍵を持っている人間は一人見つかったけどな」

「えっ、誰？」

「オッサン先生もどきだ。街端の話を聞く限り、あいつ自身はゴミ袋を運ぶ仕事をしているわけじゃなかった。それなのに他の職員に呼ばれて、ゴミ捨ての現場に立ち会った。考えられるあいつの仕事はただ一つ。裏口の鍵を開けて職員にゴミを捨てさせ、また鍵を掛けることだ」

床にあぐらをかいた丸平君が頷く。

「あの不気味な中年野郎が、裏口の鍵を管理してるかもしれないんだな？」

「そうだ。あるいは、どこかに保管されている鍵を持ち出す権限を持っているか……。いずれにしても、あいつはおれ達を閉じ込めている人間達の一員、さらに言えば、その中でも上位にいる人間だ。裏口の鍵なんて重要物品を扱えるくらいの、な」

「あいつから鍵を奪い取るってのはどうだ？」

「伴う危険も大きい。あいつの正体が依然として不明な今、それが最良の手かどうかはまだ分からない。とは言え……」

宙を見つめながら話していた橋立君は、不意にふっと表情を緩めて僕に笑いかける。

「大発見だな、街端。あいつらの動きに目ざとく反応して追いかけるなんて、街端以外は誰もできなかった」

「いや……そんなに大層なことじゃないよ」

僕は橋立君の顔から目を逸らし、曖昧に笑った。こうして真正面から賞賛の言葉をぶつけられると、どうしようもなく恥ずかしくなってしまう。

それでも今回ばかりは、この僕が他人の期待を裏切るどころか、褒められるようなことを成し遂げたのだ。そのことはとても貴重な経験だし、真に喜ぶべき事実だろう。

「ところで、事務室の探索結果をそろそろ報告しても良いか？　それなりに使えそうな情報が集まったんだ」

僕、三木さん、丸平君が頷くのを確認し、橋立君はポケットから折り畳まれた紙片を取り出した。ごく薄い青色の罫線が印刷されたその紙切れは、どうやら切り離したノートのページのようだ。

「部屋そのものは、大雑把に見た感じ種も仕掛けもない事務室だ。でも、それだけなら何の収穫にもならない。かと言って、ガサ入れをしようと思っても難しい。職員がいる前で、堂々と机の中を漁ったり書類を読んだりはできないからな。そこで、ひとまず色々な見たい物は後回しに、的を一つに絞って持ってきたのがこれだ」

橋立君の手によって、紙が丁寧に開かれていく。そこにはたくさんの時刻と人間の苗字、『調理（厨房）』や『清掃（食堂）』といった言葉が、ボールペンでびっしりと書き込まれていた。

「山荘職員の、今夜から明日の朝にかけてのシフト表だ。書かれている人数から考えてほとんど全員分に近いと思う。……しかし、この山荘は相当ブラックな職場みたいだな。普通なら遅番と夜勤で交替制にするところを、職員全員が今日の午後から半日以上連勤だ。一応まとまった休憩時間はあるから、そこで部屋を貸して仮眠させるつもりか？　とにかく、おれなら絶対働きたくない」

「そんな物、どうしたら手に入るの？」

怪訝な顔で問う三木さんに対し、橋立君は事もなげに答える。

「机の上に置かれているのを見つけて、写した。その場で書くのは無理だから、理由をつけて入っては職員と話しながら盗み見て、覚えた分を外に出てメモする。それを何回か繰り返しただけだ」

「……橋立君、それ本気で言ってる？」

思わず唸った。信じられない。紙面を端から端まで埋めるこれだけの文字を、分割したとは言え暗記しながら書き写したのか。紙の表面は目が痛くなりそうなほど黒々としているが、橋立君の書いた楷書の手本のような文字が非常に整っていて読みやすいので、情報量に比して乱雑さは感じなかった。理知的な人というのは、僕なんかと違ってやはり字も上手いのだろう。僕は、いつも自分が書いている薄く細長い神経質な文字が情けなくなった。

「確かにすごいが……これを持ってきたのは、使う当てがあるからだよな？」

暗い沼地に沈みかけた意識を、丸平君の声が現実に引き戻す。危ない危ない。必要のないことは考えるな。今は役に立つ思考だけを巡らせろ。

「もちろんさ。分かれて各部屋を探索することに決めてから、ずっと考えていたんだ。可能性がゼロではないとは言え、部屋の一つ一つを調べるだけでそう簡単に大きな発見ができるとは思えなかった。結局は、どの場所もおれ達が自由に調べられる場所、言い換えれば、重要な物を隠しておくのには適さない場所だからだ」

「確かに、橋立の言う通りだな」

「裏口をあんなに隠すくらい警戒してるなら、誰でも入れる普通の部屋に出口とか作らないもんね」

三木さんがこくこくと小刻みに頷く。

「そこでおれは、次の作戦を二つ検討した。そのうちの一つをまず実行したいと思う」

橋立君は広げた紙をテーブルの上に置くと、僕達全員をぐるりと見回して言う。その堂々とした態度と不敵な笑みは、さながら秘策を告げる前の軍師だった。

「今度は趣向を変えて、人間を調べてみないか？」

◆◇◆◇◆

時計の短針が八の文字を指す。腕時計の文字盤をじっと睨んでいた橋立君が、顔を上げ親指と人差し指で丸を作る。部屋の中にいる四人が、先ほどまでにも増して息を潜めた。

僕は細く開いた扉の隙間から、外の廊下に一人立つ冷海さんに向かって手を挙げた。それを見た冷海さんは、耳の横に垂れた絹糸のような髪をわずかに揺らして応える。

ターゲットはすぐに現れた。通路の角を曲がりこちらへと歩いてくる、臙脂色の作務衣を着た高齢の女性職員だ。左胸のネームプレートに書かれた名前は桜井。彼女は八時からこの廊下を清掃することになっていて、かつ今の時間帯は、清掃業務で廊下に出ている職員が他に一人もいない。計画通りだ。

「すみません」

僕達四人が耳を澄ますと同時に、冷海さんが話しかける。流石に緊張しているのか、普段より微妙に声のトーンが高かった。

「こんばんは。どうなさいましたか?」

「あの、部屋の床に汚れているところがあるのですが」

「それはそれは、誠に申し訳ございません。お手数ですが、よろしければ拝見させていただけませんでしょうか?」

「はい。……この部屋です」

心底申し訳なさそうな口調で謝りながら、愛想良くついてくる桜井さん。白髪交じりの頭が何度も深く下げられるのが、扉と壁の間から垣間見える。これから僕達がこの人に対して働こうとしている悪事を考えると、今さらながら胸がちくりと痛んだ。

「どうぞ」

冷海さんが扉を半開きにし、先に部屋へ入るよう桜井さんに促す。桜井さんは再び深くお辞儀をし、そのまま部屋の中へと歩を進めた。

「ぁ……っ」

扉の陰から僕が突き出した右足につまずき、年配の女性の小柄な体が短い声とともに前方へ倒れ込む。桜井さんは、客への配慮から冷海さんが開いたよりも大きく扉を開けなかったので、死角に隠れるのは容易だった。

続いて僕の背後にいた丸平君が全速力で飛び出し、前のめりになった桜井さんの身体を受け止めた。丸平君は歯を食いしばり、表情を歪ませる。人間一人分の重さがぶつかってきたことでその足は大きくぐらついたが、慎重に後ずさり何とか姿勢を保つことに成功した。

同時に、冷海さんが音もなく部屋に滑り込み扉の鍵を掛けた。すかさず橋立君が扉に耳をつけ、外の様子を探る態勢に入る。それを確認した三木さんは、わざとらしく焦ったような声音を作り桜井さんに呼びかけた。

「大丈夫ですかっ⁉」

丸平君が体勢を変え、桜井さんの顔を上に向かせてもう一度身体を支える。

「首、平気ですか⁉　見せてください！　ああ、大変……！」

「し、失礼いたしました……」

「やっぱり首を怪我してます！　ちょっと動かないでください！」

「あの、大丈夫です、ので……？」

突然の事態と叫び声に混乱している桜井さんに対し、三木さんがさらに畳みかける。冷海さんも静かに丸平君の前に回り、桜井さんの細い肩を背後からつかんだ。

「良いから！　とにかくじっとしていてください！」

「は、はい……」

場の勢いに押されて首の力を抜いた桜井さんの顎の下を目がけ、三木さんの右手が伸びる。桜井さんの骨ばった頸部の上方、ちょうど左右の頸動脈が通る辺りにある二つの地点を、しなやかな親指と人差し指が強く圧迫した。

流石に異様な空気を感じ取り、不安そうに目を泳がせながら桜井さんが身体を起こそうとする。しかし、丸平君と冷海さんがそれを許さなかった。三木さんの指にさらに力がこもり、年齢を重ねてしわの寄った肌に深く食い込む。桜井さんがさっきよりも激しく身をよじるが、それでも僕達は拘束を緩めない――。

重力に従い、かくんと桜井さんの首が仰け反った。目は閉じ、口はだらしなく中途半端に開いている。若干の不快感をにじませた表情でその顔を眺めながら、丸平君が低い声を出した。

「本当に大丈夫なんだろうな」

「うん、ただの頸動脈洞反射だから。脳を騙して落ちてもらっただけで、呼吸も心拍も止めてないよ」

三木さんは何食わぬ顔で答え、目の前で自分の手を開いたり閉じたりしている。

「実戦は初めてだったけど、上手くいって良かった……って、そうだ。早く下ろして。横向きね」

ゆっくりと床に寝かせられた桜井さんの腕や脚が、三木さんの手でてきぱきと動かされていき、十秒と掛からず妙な姿勢が完成した。回復体位。保健の教科書のどこかに載っていたような気がする。

「痛え。くそ、爪長いなこのばあさん……」

桜井さんを下ろして一息ついた丸平君は、首を曲げて胸元を覗き込んでいた。どうやら、桜井さんを受け止めるときに引っかかれたらしい。

「それじゃ、ポケットを全部漁って。……あ、男子は手出さないでね。女の人なんだし」

「お前、こんなことしておいて、今さら細かいところ気にするな」

「女子からすれば重要な部分なの！」

呆れ顔で下がった丸平君に代わり、冷海さんが進み出てしゃがみ込む。三木さんと合わせて四本の手が、ぴくりとも動かない桜井さんの作務衣を探っていく。

「あ、何かあった。はい、街端君」

作務衣の左のポケットから、三木さんが早速小さな黒い物体を取り出した。一瞬だけ眺め、すぐ背後にいた僕に渡す。僕も手のひらに載せて観察してみると、どうやら外側の材質はプラスチックらしいと分かった。スピーカーのような大量の細かな穴やいくつかのボタン、そしてアンテナのような突起が付いていて、何かの機械に見える。

「それ、少し貸してくれ」

興味をそそられた様子の丸平君が突き出した手に、黒色の機械を握らせる。機械に詳しいわけでもない僕では、この無数の穴を穴が空くほど見つめても、収穫を挙げることはできないだろう。ここは大人しく丸平君に頼る方が良い。

続いて冷海さんが、別のポケットの中で動かしていた手を引き抜く。その手には、山荘の職員が着ている作務衣と同じ臙脂色の手帳が握られていた。

「……」

手帳を持った冷海さんの手が、無言のまま差し出される。受け取って引っ繰り返すと、表紙の上部には金色の文字で『現幻教《げんげんきょう》』と綴られ、そしてその下には、同じく金色の線でよく分からない絵図が描かれていた。僕はまじまじとその絵を見つめた。……植物だろうか。まず、手帳の下端ぎりぎりに、大きく広げた手のような放射状の葉らしき物体が二つ描かれている。そして、その二枚の葉の間から真上に向かって、輪郭がブツブツとした細長い物体――まるで、先端の尖ったトウモロコシの果実みたいだ――が屹立するというものだ。

「現幻教……聞いたことがないよ」

他の面々も、同じく首を横に振った。中でも、橋立君がさっぱり分からないという表情をしたのはやや意外だった。現時点で既に僕達の頭脳となっている橋立君なら、という考えがいつの間にか潜在意識の中に生まれていたのかもしれない。

だが次の瞬間、冷海さんが突然発した言葉に他の全員が振り向いた。

「私、聞いたことがあります」

「本当に?」

相変わらず他の人の方を向くのは苦手なようで、僕だけを真っすぐ見つめながら冷海さんが話し始める。

「現幻教団は最近力をつけてきた新興宗教団体で、急激に信徒を増やしているそうです。でも、たまに過激な勧誘活動で警察と衝突することがあるみたいで。つい最近も、関連施設が家宅捜索を受けたと……」

「そうなんだ。よく知ってるね」

「いえ、新聞で読んだだけです」

「とにかく、あまり穏やかじゃねえ教団だってことか」

手のひらサイズの黒い機械をいじりながら、丸平君がぼそりと言う。

するとその声に反応したかのように、桜井さんがか細いうめき声を上げた。三木さんの顔に緊張が走る。

「まずっ、そろそろだね。もう何も持ってないみたいだし、目を覚ます前に連れ出さないと」

「分かった。一旦話は中断しよう」

冷海さんが扉を開いた。全員で桜井さんを抱え上げ、扉の外に数歩出た辺りまで運んでいき横たえる。あとは冷海さんが作戦の終わりを飾るだけだ。僕達は冷海さん一人を桜井さんの横に残し、部屋の中へと引き上げた。

「みぞおちを二、三回押せば、すぐに起きるはずだから！」

部屋へ入る直前、三木さんは冷海さんに囁き声で念押しした。扉はすぐに閉じてしまったため、その言葉に冷海さんが反応したかどうかは分からなかった。

部屋の中の四人は、再び息を殺して聞き耳を立てる。

「あら、すみませんお客様。どうして……？」

「大丈夫ですか？　さっき廊下を曲がってきたと思ったら、職員さんが突然倒れられたんですよ」

「そ、そうでしたか……？　お客様、何か御用がございましたのでは……」

「いえ、特にありませんけど。さっきも言いましたが、急に倒れられたので心配していただけです。お疲れでしたら、少し休まれた方が良いと思いますが……」

「は、はい……」

桜井さんはどうも腑に落ちないという声色で曖昧な相槌を打ったが、結局、自分の思い違いだと判断したようだった。

「お仕事、お疲れ様です」

「とんでもございません。どうぞ、ごゆっくり……」

足音が遠ざかり、消えていく。周囲が静寂に包まれた後、十分な間を空けてから扉が開き、冷海さんが深く息を吐きながら部屋に帰ってきた。

「お疲れ、冷海さん」

「ありがとうございます」

数秒と掛からずに普段の調子を取り戻した冷海さんは、いつも通りの無表情で僕の労いに言葉を返す。

ひゅう、と小気味良い口笛の音が響いた。発信源は、テーブルにどっかりと座り込んだ丸平君の唇だ。

「名演技だったぜ」

「怖かった⁉　緊張したよね⁉」

三木さんが興奮気味に話しながら、冷海さんの両肩を強すぎるくらいの力で叩く。冷海さんがそれでも微動だにしないのは、人見知りの急性症状で固まっているからに違いない。

「冷海、完璧な出来だった。でも、難しい部分を押し付けたことについては謝る。悪かった」

自然な動きで頭を下げる橋立君を、僕は慌てて止める。

「それは、橋立君が計画を説明したときにもう決着がついた話だよ。だけど、どうして冷海さんをこの役にしたの？」

「面が割れる役だからだ。あの職員は、冷海以外の誰の顔も見ることができなかった。だから、もし後でこの件について疑念を抱いても、手掛かりは冷海の存在しかない。でも、この件の舞台は街端の部屋――つまり、あの職員が知りもしない別の生徒の部屋だ。何の符号も見つからない中で事実関係を解明するのは、困難を極めるだろうな」

「それなら、僕以外の誰でも良かったってこと？」

「そうもいかないさ」

橋立君は声を落とした。

「おれ達を閉じ込めている奴らに、できるだけ手の内を明かしたくないって話はしたよな。そのために、もう面が割れてる人間は、あまり目立つような役を担わないようにした方が良いんだ。

ということは、比較的安全な作戦で冷海が表に出ておけば、この先あるかもしれない危険な作戦では、冷海以外の誰かが堂々と表に出られるってことになる」

まるで冷海さんを特別扱い、もっと言えば贔屓しているようにも取れる言い方だった。

「橋立君は、ここにいる全員と初対面だよね？　どうしてそんなに冷海さんのことを……」

「冷海をあまり危険な目には遭わせたくないだろ？　単純な話だと思うかもしれないが、おれ達は先輩だからな。積極的に冷海を守ってやりたいじゃないか」

僕の心に書いてあることを一字一句違わず読み込んできたかのような説明に、思わず言葉を失う。その様子を見て、橋立君は意味ありげに笑った。

「街端も同じ……というか、街端はもともと冷海と仲が良いみたいだしな。実際、街端が一番そう思ってるってところだろ？」

「……うん」

ロビーでの決意を思い出す。あのとき、僕は冷海さんに救われた。そもそも救われて良い立場でもないのに救われた。もうこれ以上救われることは許されない。これからは、冷海さんが救われなければならないのだ。全てが終わるまで、完膚なきまでに。

「橋立君って、もしかしたら僕の頭の中を覗けるのかな？」

「かもな」

橋立君は笑い顔を崩さないまま短く言うと、丸平君の方を向いた。

「それ、何か分かったか？」

「ああ。おそらく普通の……」

答えながら、丸平君は何と手元で例の機械を分解していた。いつの間にかプラスチックの外枠は取り外され、中の基板が丸見えになっている。

「その工具は丸平君の？」

「いや、備品庫に行ったときに拝借した。すぐに使い時が来てラッキーだ」

全く悪びれる様子もなく言ってのける。何かと三木さんの派手な行動に苦言を呈している丸平君だが、自分もなかなかちゃっかりしているようだ。三木さんも口を尖らせてここぞとばかりに突っ込む。

「窃盗じゃん。やっぱり不良だー」

「うるせえ。役に立ったから良いんだよ。とにかくこれはごく普通の通信機だ」

「トランシーバーのこと？」

「ああ。トランスミッターの回路がここで、レシーバーの回路がここだな」

丸平君の指が機械の内部を指差すが、もちろんどの部品が何なのかは他の誰にも分からないようだった。

「トランス何とかと……レシーバー？　あ、思い出せそうかも。相手チームの打ったスパイクを受ける人だっけ？」

「バレーボールじゃねえか」

三木さんのトンチンカンな発言は雑に一蹴された。いや、蹴球ではなく排球なんだけれども。

「それ以外の意味なんて知らないよ。あー、体動かしたいなぁ」

「そんなにやりたいなら、体育館を探索しに行ったときに参加してくれれば良かったのに。男子が集まってバレーやってたんだよね？」

「流石に、そこまで能天気にはなれないって……」

ほど良く筋肉のついた腕を頭上で伸ばしながら、三木さんは僕の言葉にやる気のない突っ込みを入れる。そのとき、ずっと口を閉ざしていた冷海さんが突然声を上げた。

「先輩」

「どうしたの？」

皆の前でこれほどはっきりと話す冷海さんは見たことがなかったので、僕は軽く驚きながらもある種の新鮮さを覚えた。一方の冷海さんは、言葉を選びながら話すようにゆっくりと続ける。

「体育館にいた男子がバレーボールをしていたことを、なぜ知っているんですか？」

「え？」

そんなもの、前から知っていたから今も知っているに決まっている。……前から？　いつだ？　待て、僕は何を悩んでいるんだ。考え込むような話でもないだろう。こんなに単純なことを覚えていないわけがない。僕は知っている原因だって正確に知っている。理屈の通った理由が、合理的な論理が、僕の頭の中には全て格納されているはずなんだ。

「ああ、確か、三木さんが教えてくれたんだよ。僕達が食堂を見終わって、部屋に戻ってきた後に」

うん、そうだ。そうだったとも。お互いの成果を報告したときに言われたんだ。男子が集まってバレーをしていたから、怪しまれないように調べるのが大変だった、と。

「街端君の言う通りだよ。でも瑞ちゃん、それがどうかしたの？」

三木さんが不思議そうな顔をして、冷海さんの瞳を覗き込む。

「……そう、ですか。すみません、変なことを訊いてしまって」

一瞬だけ言葉に詰まったのが気になるが、とりあえず冷海さんは納得したようだった。この意図の分からない質問についてもう少し話を聞くべきかとも思ったが、丸平君が露骨に不機嫌な顔でこちらを眺めているのに気づいたので、僕は慌てて手で話を再開するよう促した。

「トランスミッターは送信機、レシーバーは受信機のことだ。トランシーバーは厳密に言えば一つの機械じゃなく、この二つが合体して送信と受信の両方ができるようになった物を意味する」

「どうして、あの職員はトランシーバーを持ってたのかな」

「そりゃ、普通は職員同士の連絡に使うためだろ」

しかし、三木さんは納得いかないようだった。

「このくらいの山荘で、連絡にトランシーバーなんているのかな？　大きなイベント会場のスタッフとか、警備員とかじゃないんだし」

「警備員か……」

橋立君が何かを考えるような素振りを見せた。

「……情報が少ないな。もし何か通信が入れば、どこからのどんな通信を聞くための物かが分かる。それまでは何とも言えない」

全員が黙り込んだ。これ以上は、考えるだけでは分からない領域だ。僕は沈黙を破るため、ぽつんとドア横に佇んでいる冷海さんに声を掛けた。

「冷海さん、ベッドが空いてるから座りなよ。それと、手帳を見たいんだけど……」

「はい、すみません」

冷海さんはスカートの横で握っていた手帳を僕に渡すと、ベッド際へと歩いて行き腰を下ろす。しかし、その動きはなぜかぎくしゃくとしていて、その間冷海さんの大きな瞳はずっと僕の顔に向けられていた。まるで、本当に座って良いのかと尋ね続けるかのように。挙動が丁寧すぎるのも考えものだ。何事もそう遠慮しなくて良い、というか僕の方が申し訳ない上に冷海さんが心配だから遠慮しないでほしいのだけれど、それを指摘すれば冷海さんが何と言うかは簡単に予想できる。

——こういう態度は元からなので。

受け取った手帳の最初のページを開くと、中央に短い文章が印刷されていた。

「見えぬ現に惑うなかれ、見える幻を拒むなかれ……?」

格言めいた言葉だ。怪しげでいかにも宗教らしい。

次のページをめくると今度は全面に簡素な罫線が入っていて、安っぽいがメモ帳のような体裁を保っていた。しかし、さらに次のページには再び格言が表れた。

「集え、幻を信ずる人々よ。集え、現から救済されんとする人々よ……」

その次はメモページ。そしてその次はまた格言。

「夢は現、夢は幻、すなわち現は幻の夢……」

ぱらぱらと先を流し読みしても、シンプルなメモ部分と謎の格言とが繰り返される構成に全く変化はなかった。全部朗読しても仕方がないので、一旦閉じて顔を上げる。

「何か、気味が悪いかも」

三木さんが本気で気味悪がっている声を出した。僕も同意見だ。淡々と印字された格調高い文章の数々は、得体の知れないものに対する人間の本能的な警戒を自然と生起させる。しかし僕は、並行して奇妙な同調感を覚えてもいた。その文章達を構成するインクが手帳のページから浮かび上がり、僕の鼻から空気とともに吸い込まれて直接脳に浸透するような、そんな感覚……。

「普通に考えて、あの職員が現幻教の信者だと見るのが妥当か？」

「……ぁ」

橋立君の声が僕の頭に理性の風を吹き込み、時間の感覚が回復する。今のは一体何だったんだろう。

他の皆を盗み見るが、幸い僕の異変には誰も気づいていないようだった。僕の方を気にする素振りも見せずに、丸平君が橋立君との会話を続ける。

「だろうな。こんなもん、信者でもなきゃ好き好んで持たねえよ。機能性もデザインも最悪だ。あの桜井って職員に返しておけば良かったぜ」

「となると、大した手掛かりにはならないか。職員個人の宗教が分かったところで、現状を理解する助けにはならないしな」

橋立君は腕を組んで壁に寄りかかり、天井を見上げた。

「所持品の見分はもう十分だな。利益がなかったとは言えないが、大した進展も見られない……そんなところか」

「で、でも、計画自体は大成功だったよ！　皆の息もぴったりだったし。そんなに気を落とさなくても……」

漂い始めた暗いムードを敏感に察知して、三木さんが明るい声を出す。やっぱり優しい人だ、と心底思った。悲しんでいる他人のために、自分自身がすぐ行動できる。自分に何ができるのかだとか、行動を起こすべきか起こさないべきかだとか、そういう迷いとは無縁の利他精神をいつでも発揮できる。これもまた、僕にはない無数の美徳のうちの一つだった。

けれど、今回に限ってその美徳は無用だった。手で三木さんの台詞を制しながら視線を下ろした橋立君は、悲しむどころか再び軍師の笑みを浮かべていたからだ。

「別に気を落としてはいないさ。言っただろ、作戦は二つだって」

「じゃあ、もう一つの方をこれからやるってこと？　どんな作戦？」

「もう一度だけ、場所の探索に戻ってみようと思う」

「まだ、探索する意味のある場所が残ってるのか？」

丸平君が口を挟む。

「色々な部屋を詳しく調べたおれ達が、唯一自由に調べられなかった場所——事務室だ。おれが行ったときはシフト表くらいしか収穫がなかったけど、今度こそ本格的に探りたい。山荘の人間が黒幕だとすれば、あそこには絶対に何かがあるはずなんだ」

橋立君の眼差しは真剣だが、その作戦に大きな障害がつきまとうことは僕にも分かる。水を差すのは気が引けたが、どうしても指摘せざるを得なかった。

「でも、事務室には職員がいるんだよね？　とてもそんな隙は……」

「もちろん、それについては俺も考えてるさ」

予想に反して、橋立君の表情は欠片も曇らなかった。迷いのない手つきでテーブルの上のシフト表を取り、大きく開いて見せる。

「この後、九時四十五分までには全ての職員が何らかの業務で事務室を出て行く。そして、次に職員のうちの誰かが事務室へ戻ってくるのが十時。つまり、十五分間だけ事務室が無人になる時間があるんだ。ここを狙えば、職員に邪魔されずに事務室を調べることができる」

同じ高校二年生とは思えない観察力と用意の周到さに、僕は舌を巻いた。多分、橋立君以外の全員がそうだっただろう。橋立君は一体どこまで先を読んで行動しているんだろうか。

「すげえな、橋立……でも、十五分間か。流石に部屋全体を見て回る時間はないと思うが、特に目をつけてる場所はあるのか？」

「一つだけ偉い人間が使っていそうな机があったから、そこを重点的に調べるつもりだ。一般の職員の持ち物を漁っても、さっきみたいに大した物が出てこない可能性が高い」

「分かった。俺は良いと思うぜ、その案」

「わたしも賛成。問題は誰が行くかだけど……」

「まず、おれは行く。発案者だし、事務室の構造も一通り知ってるからな。あまり大人数で行くと目立つから、あともう一人くらいか」

「僕、行くよ」

大げさすぎるくらいに手を挙げた。僕の急な動作に、黙って話に耳を傾けていた冷海さんも、肩をぴくりと震わせて驚く。

たった五人しかいないこの部屋の中で、わざわざ体の動きを加える必要はない。けれど、身体の芯に渦巻くむずがゆいような恥ずかしさが、じっとしていることを許さなかったのだ。その恥ずかしさの原因はただ一つ、この立候補が、何の能力もない僕でもこなせそうな任務に就くことで、わずかでも皆に認められたいという、卑屈で打算的な焦りから生まれたものだったという事実だ。

「そうか。なら街端、よろしくな」

橋立君はほんの一瞬だけ何か訊きたそうな顔をしたが、すぐに思い直して質問を取りやめたようだった。かつて冷海さんに対しても見せた流石の配慮だ。橋立君のおかげで、僕の醜い本心は明るみに出ることなく隠し通された。本当に、心からありがたく思う。

「じゃあ、事務室には橋立君と僕で行ってくるよ。その間、皆は部屋で待って……」

「先輩、待ってください」

話をまとめようとした僕の声を、冷海さんが鋭く遮る。僕以外の皆を含む会話に割って入ったのは、これで三回目だ。冷海さんもだんだんとこの環境に慣れて、地が出せるようになってきたのかもしれない。もしそうなら嬉しいことだ。

「私もついて行きます」

「え？」

橋立君が、おいどうするんだ、といった感じで肩をすくめる。言わんとしていることは当然分かった。僕も橋立君も、冷海さんをなるべく危険から遠ざけたいと思っているのだ。計画通りに行けば無人のはずとは言え、事務室に無断侵入するというのはかなり危険なことだ。冷海さんを同行させるのはできれば避けたい。

「……冷海さんは、どうして一緒に来たいの？」

問われた冷海さんは考え込むように少し床を見つめ、やがてあくまでも真面目な面持ちで口を開いた。

「先輩が何をしでかすか心配なので、でしょうか？」

「ぷっ！」

三木さんが吹いた。丸平君と橋立君も、僕の方を見ながらにやにやと笑みを浮かべている。

ひどく失礼な言い方じゃないか。前々から、というか初めて会ったときから、それはもう常々感じているのだけれど、冷海さんはどうも先輩である僕のことを軽んじているような気がする。もちろん、それが侮辱や蔑みだとは思わない。もし冷海さんが僕に本物の悪意をぶつけてくる人間だったら、とっくの昔にさっさと縁を切っている。当たり前だ。貶められたりいじめられたりするのは、ごく一般的な他の人々と同じく僕も嫌いだ。

「しでかすって……小さい子どもじゃないんだから。この程度のこと、ちゃんとまともにこなしてくるよ」

自分で言っていて、何だか本当に小さい子どもが言いそうな台詞だと思ったが、気にしないことにした。

「先輩」

ただ呼ぶだけ。たった、それだけ。

冷海さんは真っすぐに僕の目を見据えていた。その表情は特段厳しくもないのに、有無を言わせない圧力のようなものを感じる。多分、僕はこの強烈な意志を拒絶することができない。どうして？　それは分からない。いや、本当はじっくりと考えれば分かるような気もするのだけれど、明確な答えにはどうにもたどり着けない。たとえるなら、半分浮かびかけた単語が喉のすぐ奥まで来ているのに、発音できないときのような感覚だろうか。とにかく僕の直感は、それ以上何かを思考するよりも先に白旗を揚げていた。

「分かった。……橋立君、三人になっても良いかな?」

「街端が良いなら、おれは構わないさ。人数も何とか許容範囲内だ」

「ごめん、ありがとう」

了解が取り付けられると、さっきまで冷海さんの周囲に発せられていた気迫が消える。つくづく僕は冷海さんに信用されていないみたいだ。確かに、僕自身にそう見られても仕方ない欠陥が多々あることは自覚しているけれど。

それでも当然、今ばかりは諦めに流されてはいけない。代わり映えしない日々の中のさほど重要性が高くない物事とは違い、この異常な状況から抜け出す過程において、そんな甘えは通用しないのだ。たとえ冷海さんが僕に大した期待を掛けていなかったとしても、それは僕の不甲斐なさを肯定する理由にはならない。客観的に見て、もしくは僕から主観的に見て、あるいは冷海さんから主観的に見て、もっと言えばその全てで、いやしかし特に三つ目の場合において、僕は頼れる先輩である必要があるのだ。

「なあ、街端」

いつの間にか隣に立っていた橋立君が、さりげなく顔を傾けて僕だけに聞こえるように言う。

「お前、冷海に派手な弱みでも握られてるのか?」

「……かもね」

ロビーには人の気配が全くなかった。他の生徒がソファで雑談でもしていたら面倒が増えていたので、これは好都合だ。

◆◇◆◇◆

二回のノックの後、橋立君が事務室の扉を開ける。この扉も談話室や食堂と同様、引き戸だった。

「すみません、どなたかいらっしゃいますでしょうか？」

返答はない。あったら開始二秒で作戦失敗だ。それは勘弁してほしい。

「行くぞ」

橋立君の号令で、僕達三人は事務室へ侵入する。最後に、一番後ろにいた冷海さんがしっかりと扉を閉め直した。

事務室は、有り体に言えば高校の職員室のようなものだった。地味な金属製の事務机を二つ向かい合わせにくっつけ、横に並べた列が二本、部屋の中央に並ぶ空間。相違点を挙げるとすれば、広さは高校の職員室の半分ほどで机も少ないことだろう。それぞれの事務机は綺麗に整理されていて、事務室に付きものの崩れそうな書類の山とは無縁のようだった。この山荘にもそれなりの歴史があるのだろうが、風通しの良さそうな机の上を眺めていると、この部屋がやけに真新しい場所に見えた。

「それ、何だろう?」

僕は正面の壁に備えつけられた電話機の受話器を指差した。電話番号を入力するためのボタンがついていないので、電話機としては明らかに不完全。文字通り受話器のみだ。

「番号が押せないところを見ると、内線の類だろうな。警察へ繋がるように設定してあるなんて奇跡は、流石に起きないいんじゃないか?」

「そうだね……ごめん。それで、お目当ての場所は?」

「あっちだ」

橋立君が示した先に視線を移し、僕はなるほどと納得した。入って左手の最奥、机が作る二本の列の終点に、他の机よりも一回り大きい事務机が鎮座している。僕達は小走りで目的の机へと近づいた。

「デスクの引き出しが二つに、サイドワゴンも二段か」

「机の方は僕が見るよ。冷海さんと橋立君はワゴンを頼める?」

「ああ」

「分かりました」

がらりと一斉に引き出しが開けられ、紙と木、金属とプラスチックがランダムに触れ合う微小な音が鳴り始める。僕もまず、二つある引き出しのうち大きい方を引っ張り出した。

引き出しの中は紛雑を極めていた。多種多様な筆記具、その他の文房具の数々、近場のレジャー施設のチラシらしき色鮮やかな紙束、大きさのまちまちな事務用品のカタログ小冊子、ただのゴミ、その他諸々。それらが入り乱れながら何層にも堆積し、さながら一塊の固体のように詰め込まれている。意外だった。表面とは打って変わって、中身がこれほど悲惨なことになっているとは。この机の持ち主は相当に雑な性格か、あるいは引き出しを有効活用する気などはなからなく、単に物を入れておくだけの場所と考えているに違いない。

上の方から一つずつ剝がすようにして物品を取り出しては、机の上に積み上げていく。そうしなければ引き出しの底すら見えない。手に取った物を調べるというよりは、その下にある物を調べるために手に取るような有り様だ。僕は焦りを感じながらも腕の動きを可能な限り速めていき、やがて引き出しの中全体が見通せるくらいまで内容物が減った。

けれど、期待に反して特別な物は何も現れなかった。筆記具やその他の文房具、カタログなどにはもちろん価値がない。周辺にあるらしいバーベキュー場やら国立公園やらのチラシに至っては、山荘から出るために四苦八苦している僕達からすればもはや苛立ちの種だ。そして当然、ただのゴミはゴミに過ぎない。

若干気落ちしながら机の上に広がった洪水をかき集め、元あった場所へと大雑把に戻していく。雑にやっていて入りきらなくなったら、という想像に僕は一瞬身震いし、手つきに少し丁寧さを加える。横目で他の二人の様子を窺ってみると、やはり状況は似たり寄ったりのようだった。無価値で無意味な物に囲まれ、険しい顔色で必死に両手を動かしている。

ようやく全ての内容物を収納し終えて引き出しを閉じると、僕は一旦手を止めて腕時計を見た。事務室に入ってから、既に四分が経過していた。

二つ目の引き出しを開ける。そこも、さっきまで見ていたのと何一つ変わらない日用品の海だった。

「……まあ、物の位置が多少変わっても怪しまれないのは好都合か」

橋立君が呆れたように言う。僕はうんざりする気持ちを抑えながら、同じ作業をもう一度地道に進めていった。これはどうでも良い、これもどうでも良い、これも、これも。

海の切れ間から再び引き出しの底が現れ、そろそろ折り返し点かと一息つきかけたとき、僕はぼんやりとした違和感に気づいた。一つ目の引き出しの底を見たときと、何かが決定的に違っている気がするのだ。僕は無愛想な灰色の平面をじっと見つめる。光沢、色合い……机の灰色と、引き出しの底の灰色。同じように見えて、微妙な差異があるのだろうか……？

残っていた内容物を急いで全て取り出し、人差し指で引き出しの底面を力一杯押す。硬いプラスチックはびくともしない、はずだったのだけれど。

僕の指は、わずかながら押し込まれた。

正確に言えば、底面全体がわずかながら沈み込んだのだ。普通、引き出しの底が手で押された程度でへこむような作りになっていたら、自主回収は避けられないだろう。第一それでは、引き出し内に入れた物の重みに耐えることができない。しかし、この引き出しには問題なく大量の日用品が押し込められていた。つまり――この底は、本物の底ではないということだ。

引き出しの底面と側面の間の角に爪を差し込み、引き上げる。薄い灰色のプラスチック板がゆっくりと持ち上がり、その下からもう一枚の『底』が出現した。

「二重底だ」

僕は呟く。橋立君と冷海さんはそれだけで理解したようだった。二人が全く同じ動きで引き出しに腕を突っ込む。その様子を僕は期待を込めた目で見つめていたが、しばらくして二人の顔に浮かんだのは発見の喜びではなく、落胆の色だった。

「こっちにはないみたいだ」

冷海さんも、小さく首を左右に振る。

どうやらこの二重底は、僕の手元にある引き出しだけにされている細工だったようだ。僕はまた腕時計を見る。タイムリミットまで七分。部屋から出るときに帰ってきた職員と鉢合わせしないために、三分程度は余裕を見ておきたいと考えると、ほとんど時間は残されていなかった。

「ワゴンはもう閉めよう。机の引き出しの方を……」

「分かってるさ」

橋立君達は既に動き出していた。僕は改めて、この二人の冷静さと機敏さに感心させられる。床に散らばっていた雑多な不要品の山が即座にワゴンに吸い込まれていき、三十秒と掛からず立ち上がった二人は僕が開けている引き出しを左右から覗き込んだ。それを確認し、僕は二重底に収められていた物を慎重に取り出す。

「……この山荘のパンフレットか？」

縦に長い二つ折りのビラの表には、今まさに僕達がいる山荘の名前が大きく書かれていた。その下には、正面玄関とキャプションが付けられた外観のカラー写真――もしもあの高いコンクリート壁がなければ、こんな見た目になりそうだ――が印刷されている。旅館やホテルのフロントに置かれているような、ごくありふれた宣伝用のパンフレットだ。

中を見ようと開くと、間に挟まっていたもう一枚の紙が引き出しの中に滑り落ちた。こちらは、パンフレットに使われているツルツルした紙と違って質が低いようで、ただのコピー用紙に見える。僕は左手でパンフレットを持ち、右手でその折り畳まれた簡素な紙切れを拾い上げた。

その時、全員が目を上げた。見つめる先は入り口の扉。その向こうから微かに、しかし確かに聞こえてきたのは、人気のない夜の静寂を破り僕達の方へと迫ってくる足音だった。

僕達の行動は速かった。僕が紙で塞がれた両手を反射的に引っ込め、冷海さんがプラスチック板を半分投げるようにして引き出しの中に戻し、橋立君が机の上に展開された引き出しの中身に手を伸ばす。何一つとして示し合わせることのない、しかしまるで脳内の思考が共有されているかのように迅速な動作だった。そして、僕達三人は一心不乱に手近な物をつかみ取り机の上を清掃していく。そこで異常なことなど起こっていなかったと証明しようとするかのように、清め、掃いていく。

その間にも、靴が床を踏む音は一定のリズムを刻みながら次第に音量を増して近づいてきた。僕には、靴音が近づけば近づくほど、だんだんとスローモーになっていくように感じられた。橋立君がスペースを空けるために引き出しの中身を強く押し込み、冷海さんが取っ手を握り締めて引き出しを閉じる態勢を整える。そのとき部屋の外の音が極限まで大きくなり、止んだ。僕は、誰のものか分からない生唾が飲み込まれる音を聞いた。嘘のような一瞬の静寂……。

「それで、急な話というのは何だ。他の職員がいるところではできないのか?」

「え、ええとですね」

入り口の扉が開け放たれるのと、僕達が机の裏に隠れるのが同時だった。この机だけ幅が一回り大きめだったため、三人が横に並んでも何とか机の陰に入りきることができた。また、この机は部屋の入り口から見て奥側に配置されているため、角度の点でも見つかる心配はない。少なくとも、今のところは。

「あの、小備品庫Bの鍵をなくしてしまったみたいで」

「何？　鍵は全て丁寧に扱うようにと言っておいたはずだ」

「すみません……」

入って来たのは二人組の男のようだ。片方はどこかで聞いた覚えのある無愛想な声で、もう片方は弱りきった声でそれぞれ話している。幸い二人は扉付近で立ち止まったのか、話し声がそれ以上近づいてくることはなかった。

僕の右手に屈み込んだ橋立君が上半身だけを横にずらし、机の横からそろそろと片目を出した。どうやら二人組の様子を窺おうとしているようだ。同時に、橋立君がバランスを取ろうとスライドさせた左脚に軽く押され、僕はやむなく冷海さんのいる方へとわずかににじり寄った。狭い空間で僕の左腕と冷海さんの右腕が擦れ合い、女の子の華奢な肩の感触が、二枚のブレザー越しに伝わってくる。動悸を抑えながらそちらを見れば、じっと身体を丸めた冷海さんの口は固く引き結ばれ、膝の上に下ろされた握りこぶしは小刻みに震えていた。

「朝に、ロビーで使うワックスを取り出したときか？」

「いえ、そのさらに後です……。四時頃、清掃担当が廊下の壁に台車をぶつけて塗装を剥がしてしまったので、小備品庫Bから道具を持ってきて直したんです。でもそのとき、時間も短いし鍵は掛けなくて良いかと考えて、作業中ずっと備品庫を開けたままにしてしまいまして。鍵は閉めなくても、鍵自体は肌身離さず持っていたような気がするんですが……多分、その作業の間か行き帰りに、鍵をどこかで落としてしまったんだと思います。修理を終えてから備品庫に戻って、自分が鍵を持っていないことに気づきました。部屋の中にもなくて、どうしようもなくなってしまって……」

たどたどしい弁解の言葉が続く中、橋立君が急に顔を引っ込める。そのまま僕の方を向くと、声に出せない言葉を伝えるように、ゆっくりと口を動かした。まずは口を大きく開く。次にすぼめる。最後にさっきよりも口角を下げてまた口を開く。その繰り返し。あ、う、え……だろうか？　三音節のメッセージが何を意味するのかを、僕は脳みそに鞭打って必死で推測した。あ、う、え。あ、う、え……。

分かったぞ。僕は頷いた。作務衣だ。橋立君は、今そこで半分しどろもどろになりながら状況を説明している男が、臙脂色の作務衣を着ている職員だと伝えたいのだ。

「報告が随分と遅くなったようだが」

タイミングを逃さず、橋立君が再び口を動かす。今度は……お、あ、あ。僕はある種の閃きに導かれ、以前この不機嫌そうな声を聞いた場所を鮮明に思い出した。談話室、そして裏口の前。まるで自分の目で直接その男を見ているかのように、するすると結論を導き出せる。間違いない、もう一人の男はあの『御山先生』だ。

「大方、何とか見つけて話をなかったことにしようと探し回っていたら、こんな時間になってしまったんだろう?」

「そ、その通りです……」

「もう探すのは良い。ひとまず私がマスターキーで閉めておくから、大人しく他の者が見つけて持ってくる可能性に懸けて待っていろ。君がこれからすべきことは、失敗に学び鍵の管理を徹底することだ。現幻教の教えは一度目の失敗を許す。幻を感じ取れず現を生きる人間に、過ちは付きものだからだ」

日常の会話にはなかなか登場しない単語に、一呼吸だけ理解が遅れる。教え。教義の教。教条の教。教理の教。

「しかし教団の思想を学び敬う家族の一員となったからには、過ちを隠す、あるいは繰り返すような愚かさは捨てなければならない。淀んだ現から抜け出すことは決して義務からの逃亡ではなく、安息に生きることの本質は、家族との信頼関係を築くことに他ならないからだ」

しばしの沈黙が流れ、話に聞き耳を立てていた僕はふと我に返った。僕達はいつまでもここにいて良いのか？　違うはずだ。腕時計を確認すると、タイムリミットの十時はもう四分後に迫っていた。

「ゆ、夢村《ゆめむら》所長の言う通りです！　ぼ、僕、自らの未熟を痛感いたしました！　これからは、皆さんのご期待に応え模範的な家族とな、なれるよう……精一杯、努力いたします！」

職員の男の声が甲高くなる。どうやらすすり泣いているようだ。正直、今の話に涙声になるほどの価値があったようには思えないのだが。それにしても今、この職員は『先生』のことを所長と呼んだのか？　それはどういう……。

「良い心掛けだと誰もが褒め称えるだろう。さて、いつまでもここに立っていても仕方がない。奥に入って次の仕事の準備をするんだ。私も机に戻らなければならない」

「はい！」

二人の足音が再開し、思考がぶつりと途切れた。机の列と列の真ん中を通って、僕達の隠れている机へと最短距離で近づいてくる。この机は『先生』の物だったのか。

距離は十五メートルもない。見つかればとても言い訳などできないだろう。

橋立君が僕の肩を小突いた。そのまま手でついて来いとサインし、事務机の列から見て壁際の通路へと這って移動する。そう……机を盾にすれば。心臓はこれまでにないほどの速さで鼓動していた。僕は冷海さんにも滅茶苦茶な手招きをしてから、がむしゃらに、しかし床と制服の摩擦音を出さないように集中しながら通路へと移った。

続いて冷海さんも、歯を食いしばりつつ何とか僕達のいる側へ這い入ろうとする。けれど、男子ならともかく女子にとって匍匐前進はかなり苦しい動作だ。冷海さんが僕に近づくよりも速く、二つの靴音が僕達全員へと迫ってくる。

冷海さん。僕は小声で叫び、精一杯右腕を伸ばす。冷海さんが顔を上げ、その手を取った。細く柔らかい感触を手の中に感じながら、僕は渾身の力を振り絞って腕を引っ張る。最後の数十センチを飛ぶような勢いで滑り、冷海さんの身体が通路側へと一気に飛び込んだ。

僕と冷海さんが前を向くと、橋立君が力強く出口を指した。赤ちゃんがはいはいをするのと同じ動きで、ひたすらに出口の方角へと進んでいく。机二つを挟んで反対側を、足音が無遠慮に通り過ぎていく。

出口の前へとたどり着いた僕達の前には、硬い出入り口の引き戸が立ちはだかった。幸いこの場所は、座っていれば机の列の陰になり二人組から見えない場所のようだ。しかし脱出するために扉を開けば、当然ながらあの二人はこちらを見るだろう。訪問者もいないのに扉が独りでに開いて閉まるというのは、どう考えてもおかしい。怪しまれることは避けられないだろう。

だが、橋立君は低く手を挙げて外の音をきっかり三秒聞くと、躊躇う様子もなく再びついて来いの合図を出した。橋立君のスラリとした腕が伸び上がり、一気に扉を開け放つ。ウォータースライダーの出口から流し出される子どものように、全員が廊下に転がり出た。

「す……すみません。部屋を間違えて、開けてしまいました！」

突然大きな声が響き、心臓がどくんと跳ね上がる。しかしそれは、いつの間にか立ち上がった橋立君の口から放たれた言葉だった。

「何だ、君か……。気をつけるんだぞ」

「は、はい。夜中に、ご迷惑お掛けしました。おやすみなさい……お、御山先生」

顔に笑みを貼り付けた橋立君が、ゆっくりと音を立てないように扉をスライドさせる。――やっぱり、橋立君の頭の良さは本物だ。扉が完全に閉じた後も、僕達は数秒間しんと静まり返ったロビーの隅でただ凍りついていた。そして、徐々に浮遊感が薄れ現実感が蘇ってくる。僕達は逃げきれた。逃げきれたんだ。

「冷海さん」

放心したようにへたり込んでいた冷海さんの手を取り、立ち上がらせる。腹這い状態で引っ張られたせいで、冷海さんのブレザーとスカートの前にはうっすらと埃が付いていた。

「制服、汚しちゃってごめん」

冷海さんは大きな瞬きを一つすると、ようやく僕の顔に正しく焦点を合わせた。

「……こんなの、大丈夫ですからっ」

冷海さんらしくない、冷静さを欠いた強い口調だった。僕は驚いてその場に固まったが、すぐに冷海さんの手を握ったままでいることに気づく。僕が右手の力を緩めると、ようやく冷海さんもそのことに思い至ったようで、握られた手に目を落とすと素早く腕を引っ込めた。

それでも、再び目を上げた冷海さんの口調は変わらなかった。息せき切って、伝えたいことを少しでも早く伝えようとするかのような息遣い。

「ありがとう、ございました。先輩の機転がなかったら、私、とても……っ」

「ほ、ほら、もう大丈夫だからさ。一旦落ち着いてよ。そもそも、ただ冷海さんを引っ張っただけの僕より、僕達を誘導した上に偽装工作までしてくれた橋立君にこそ感謝しないと」

僕の台詞に、冷海さんが口を半分開きかけたまま動きを止め、恥ずかしそうに顔をうつむかせて黙り込んだ。すぐ横に橋立君がいることをすっかり失念していたようだ。やがて、普段通りの落ち着いた声音で冷海さんが言う。

「橋立さん、ありがとうございました」

「改めて言われることでもないさ。自分のできる範囲で、当然のことをしただけだ」

橋立君がさらりと返したとき、小さな足音が今度は廊下の方から聞こえてきた。十時に事務室へ戻ってくる職員だろう。

僕達は誰からともなく歩き出し、部屋へ戻る道を進み始めた。西側の通路へ入り、角を曲がる。

そのまま突き当たりまで……。

ところが、そこには既に二人ほど先客がいた。

「あっ、瑞ちゃん！」

先客の片割れ、ショートカットの女子生徒が僕達を指差して高い声を立てる。お世辞にも、時と場所をわきまえているとは言えない音量だ。

「しーっ！」

「ぁふ、ご、ごめん……」

もう一人がすかさず手のひらでその口を塞ぎ、古典的静かにしろポーズを取る。こちらの女子生徒は髪をツインの三つ編みにまとめ、丸みを帯びた黒縁の眼鏡を掛けていた。

そんな二人を前に、僕の隣を歩いていた冷海さんは目を見開く。

「裕奈さん、文枝《ふみえ》さん……」

思い出した。食堂で見た、冷海さんの友達だ。冷海さんの視線の動きから察するに、裕奈さんというのがショートカットの子で、文枝さんというのが眼鏡の子だろう。

裕奈さんは口に押し付けられた手を引き剝がすと、何やら意味深な笑みを冷海さんに向けて囁き声で言った。

「デート？」

どうしてそうなるんだ。この裕奈さんという子は、結構天然なのかもしれない。橋立君も軽く首を傾げながら横で苦笑していた。

大体、男子二人に女子一人という組み合わせでデートを連想するというのは、何かが決定的に間違っている。冷海さんが実は恐るべき悪女で、好みの男子をたぶらかしては何人も同時に引き連れて遊び歩く癖があるというのなら分かるが、あいにくそういった情報は今のところ僕の耳に入っていない。となると、あれだろうか。裕奈さんの言葉は冷海さんと橋立君のデートという意味で、その間を歩く僕は一人の男として、それどころか一人の人間としても認識されていないただの粗大ゴミ、ということか。うん、それならあり得るかもしれない。

「部屋にいないから、街端先輩のところかと思って来てみたら……まさか深夜のお散歩と洒落込んでいたなんて！　瑞ちゃん大人ー！」

「……違いますよ」

僕と似たようなことを考えたのだろうか、いや流石にそれは考えていないだろうけれど、とにかく冷海さんはいつもの調子で裕奈さんの台詞をばっさり切り捨てた。

「ふーん？」

裕奈さんは不満げに唇を尖らせ、今度は僕のことを疑うようにじっくりと見つめる。嘘があれば何としても見破ってやる、といった様子だ。もちろん嘘など一切ついていないのだけれど。やがて、裕奈さんは僕のブレザーの襟辺りに目を留めた。

「あれ、街端先輩、シャツのボタン取れてますよ？」

ネクタイを緩め、ワイシャツの襟を引っ張り出す。首元を覗きながら、僕は短く意味のない声を漏らした。

「え、あぁ……」

確かに、シャツの第一ボタンがなくなっていた。プラスチック製の白いボタンがあるはずの場所には、ボタンを結びつけていたであろう糸の切れ端が二、三本引っかかっているだけだ。おそらく何かの拍子に糸が切れ、気づかないうちに外れてしまったのだろう。

「それに、なんでリュックなんて持ってるんですか？」

次に目をつけたのは、僕の背負っている常時携帯用のリュックサックだった。もちろん、理由を聞かれてもおいそれと答えることはできない。冷海さんがこの外出の正しい理由を説明しようとしないところを見るに、この二人も既に正常な感覚を失っている異常者なのだろう。山荘から脱出するために使うかもしれない物を入れているなどと言えば、一笑に付されるのがオチだ。

僕が答えないのを見た裕奈さんは、再び僕の身体に視線を走らせ始めた。じろじろと、無遠慮に。僕は、今すぐ踵を返してロビーの方へ走り出したい欲求に駆られた。どうして人間というのは、他人のことをこうも不躾に詮索するのが好きなのだろうか？　この女の子は、僕の外見から一体どんな情報を読み取ろうとしているんだ？　知らなくても基本的に何ら問題はなく、反対に知ってしまうことで相手に不利益を与える可能性すらある他人の事情を、何の理由や目的があってわざわざ手に入れようとするんだ？

無言のまま不快感を募らせていると、裕奈さんが観察の目を僕の上半身から下半身に移した。その瞬間、僕は苛立ちが一気に吹き飛び、脳の芯が冷えるのを感じた。

事務室から逃げ出して以来、僕の左手にはずっと二枚の紙が握られていた。盗んで来た山荘のパンフレットとコピー用紙だ。本来なら一秒でも早くリュックかポケットにしまわなければならない物だが、もうすぐ部屋へ帰れるという安心感から存在を完全に忘れていた。こっそり隠すにはもう遅すぎる。下手に手を動かせば、余計に注意を引いてしまいかねない。頼むから、これくらいは見逃してくれないだろうか。

心中の願いも空しく、ついに裕奈さんの瞳がはっきりと僕の左手を映す。気持ちの悪い汗が首筋を垂れ落ち、僕は無意識に身を硬くした。

「何かのパンフレット、ですか？　それに……あっ、現代文のプリントじゃないですか」

「……え？」

突然飛び出した予想外の発言に、僕は思わず戸惑いの声を上げる。けれど、声量が小さすぎて裕奈さんには聞こえていないようだった。

「春休みでしかも合宿中なのに、真面目なんですねー……って、もしかして勉強会か何かでしたか？　うわっ、そういうこと⁉　ひどい勘違いしてたかも！」

裕奈さんは勝手に一人で納得しているみたいだったが、僕の混乱は深まるばかりだった。こちらとしては、勘違いをしてくれている方が都合は良い。しかし、コピー用紙の文面は横書きだ。縦書きの授業プリントと見間違えるだろうか。

「街端、ちょっと良いか？」

橋立君が僕の肩を叩き、廊下の奥を指した。そしてすぐ裕奈さんに向き直ると、爽やかな話し方で続ける。

「ごめん。少しだけ、街端と話したいことがあるんだ。その間は冷海と話していてくれないか？」

ありがたい。橋立君の出した助け船に乗り、僕はそそくさと廊下の突き当たりへと向かう。これ以上突っ込まれないうちに、さっさと距離を取って混乱した頭を落ち着かせるのが最善の策だ。

裕奈さんと文枝さんは不思議そうな表情を浮かべて僕の後ろ姿を眺めていたが、そのうち冷海さんと小声で何かを話し始めた。

「危なかったな」

橋立君が耳元で言った。

「本当だよ。何の紙なのかは分からなかったみたいだけど」

左手をポケットに差し込みながら、僕は溜め息をついた。

「そのことなんだが……」

橋立君は声をさらに一段と落とし、ほとんど耳打ちするように言う。

「あの裕奈って子が紙の正体を的外れに理解しているのも、おれ達を閉じ込めている奴らがそう仕組んだからなんじゃないかと思う。鉄格子やコンクリート壁を認識させないのと同じく、閉じ込められていることを自覚させないために」

「となると、これには脱出する上で使える情報が載っているのかな」

「隠されていた場所も露骨に怪しかったからな。期待できるんじゃないか?」

「そうだね」

僕と橋立君はひっそりと頷き合った。

「――変――誰――話して――みたい」

「やっぱり――人付き合いが苦手――おかしく――普通じゃない――大丈夫?」

「どう考えたって――」

「――先生に――」

「必要ありません――」

話すこともなくなり僕達が黙ると、静かになった分だけ、冷海さん達の会話が切れ切れに聞こえてきた。断片的すぎて内容は想像することすらできないので、会話というよりはただの煩わしい環境音に近い状態だ。さらに、煩わしいものはもう一つあった。冷海さんの友達二人が、まだちらちらと目だけで僕の方を見ているのだ。本当に、僕のどこがそれほど気になると言うのだろうか。万が一また紙の話を蒸し返されたらどう応対しようかと考えつつ、僕はさりげなく三人の様子を窺いながらその場に立っていた。

するとしばらくして、用件が済んだのかようやく冷海さんが僕達の方へ歩いてきた。一方の裕奈さんはまだ話し足りないことがあるらしく、食い下がって冷海さんの背中に呼びかける。

「ねえ、ホントに良いの？」

「大丈夫です。私はもう少し先輩と話してから戻りますから。二人は明日寝坊しないように早く寝た方が良いですよ。特に裕奈さん」

「むー……」

「ほら、行こうよ。瑞ちゃんがそう言うなら平気だよ」

曖昧に微笑む文枝さんが裕奈さんを引きずるような形で、二人は帰って行った。結局、裕奈さんは最後まで何か言いたげだった。

「良かったの？　追い返したみたいになっちゃったけど」

「はい。二人は私達の側の人ではないですから。あの、先輩。話の内容、聞いてました？」

「いや、単語が部分的に聞こえたくらいだよ。何の話をしてたの？」

「……単なる雑談です。特に説明するほどの内容はありません」

　淡々とそう言い放ち、冷海さんは早歩きで僕の部屋へと戻って行く。一瞬顔を見合わせた僕と橋立君も、すぐに冷海さんを追って開いた扉へと吸い込まれていった。

◆◇◆◇◆

　部屋に帰り着いてからの数分間は、僕達三人がいかにして危機的な状況に置かれ、またそこから逃れることに成功したかを語るのに費やされた。一歩間違えば大変なことになっていたとは言え、最終的には何とかなったのだ。危ない橋を渡ったという気持ちを遥かに上回る高揚感と安堵感が、僕だけでなく橋立君や冷海さんの心の内にもあるようだった。

「あの偽オッサン先生、夢村って名前なのか」

　テーブルの上がすっかり定位置になった丸平君が、胸の前で腕を組みながら言う。

「ああ。しかも、夢村所長だ」

　答える橋立君も、やはりドア横という定位置で壁に寄りかかっていた。

「そこがよく分からねえな。夢村がこの山荘の経営者だとしたら、支配人だとか館長だとかって呼ぶはずだ。所長なんて言い方はあまり聞かないんじゃないか？」

「おれも同じところが引っかかった。それでも、とにかく夢村が山荘内で最高の権力を持っていることは分かったさ。長を名乗り、職員のミスを叱責して、一番大きな事務机に陣取る。所長だろうと支配人だろうと、あいつがこの空間で最も偉いってことは間違いない」

「そこは分かったけど。ねえ、今の話の中に、もっと重要なことがあったよね？」

三木さんがおずおずと疑問を口にした。その目は同意を求めるように、僕達の顔を順々に見渡していく。

「もちろん分かってるさ。鍵……マスターキーのことだろ？」

「そうそう！」

三木さんの声に熱がこもる。

「夢村が職員に、マスターキーで扉の鍵を掛けておく、って言ったんだよね。やっぱり橋立君の予想通り、夢村は裏口の扉を開けたり閉めたりできるんだよ。つまり、そのマスターキーを何とかして手に入れることができれば……」

「おれ達は裏口から逃げ出せる。そうだ」

誰のものとも分からない感嘆の声が、部屋に小さくこだました。

「でも、持ってるって自分で言ってただけなんだよな？　実物は見たのか？」

丸平君は組んだ腕をまだ緩めない。

「そう言われると思った。けど、心配はいらない。夢村はきちんとマスターキーを身につけていた。逃げる前に、机の下からちゃんとこの目で見てきたからな」

「本当か！」

「ベルトに紐で結びつけてたんだよね。話しながらスーツのジャケットをめくって、職員に示してるのが見えたんだよ」

僕が口を挟んだ途端、部屋の中の音が消えた。辺りに均一に広がる空気全体が、等しく温度を下げる。顔に驚きの表情をたたえた橋立君がゆっくりと僕の方を向き、疑うような口ぶりで尋ねた。

「俺が夢村達の様子を覗き見ていたとき、街端は隠れていたよな。それに、このことを話すのも今が初めてだ。どうして俺の言おうとしたことが分かったんだ？」

「え……」

僕は口ごもる。どうやら僕はとてもおかしなことを、まるで道理に合わないことを言ったようだった。しかし、なぜ言ったのかが分からない。ついさっき、自分が何を考えてどういう経路で発声器官を動かしたのかが全く推測できない。だから、橋立君の質問に対しても回答を用意できない。頭の中が霧に包まれたようにぼんやりとしていて、必要なものが何もかも白く覆い隠されてしまっていた。

橋立君の顔に映る懐疑の色が、刻一刻と濃くなっていく。錆びついた脳が激しく唸りを上げて回転する。まだ遅い。まだ足りない。停滞した靄を貫いて、納得できる明確な答えを見つけるんだ。

「——いや、何となく思いついたから想像で言ってみただけだよ。取り出しやすく落としにくく、かつ他の人からもそこそこ簡単に見えるとなると、腰の辺りかと思ったんだ。まさか合ってるとは思わなかったけど」

深い霧が晴れた。僕の喉からは、説得力に満ちた説明がすらすらと流れ出す。嘘なのだろうか。そうかもしれない。本当なのだろうか。そんなことはきっと些細なことだ。少なくとも、僕は本気でその言葉を告げていた。ならば、もうそれ以上深く追及する必要はないように思えた。

「そういう意味か。悪い、やけに断定するから勘違いした」

橋立君は拍子抜けするくらいあっさりと頷き、また前を向いた。何事もなかったかのように、皆の時間が動き出した。

「とにかく街端の言った通り、夢村はマスターキーをベルトに提げて隠し持っていた。それは確かだ」

「重大情報だね。橋立君も街端君も有能すぎ！」

「ふん。悪かったな、一方の俺はただの留守番で」

「丸平君、だんだん被害妄想気味になってきてない？　というか、そんなに何でもかんでも攻撃するほど意地悪な奴だと思われてるとしたら、流石にわたしちょっと傷つくんだけど……」

若干寂しそうに言う三木さん。丸平君には色々と反発しつつも、結局のところ心根は素直な人みたいだ。

「あ？　別にそこまでは思ってねえよ。大体な……」

何やらいつもより勢いのない受け答えをしている丸平君の声を聞きながら、僕はスラックスの左ポケットに手を入れた。

「じゃあそろそろ、今回の収穫を調べてみない？」

「何それ？」

僕の手のひらに載った二枚の紙を一瞥して、三木さんが目を丸くする。丸平君は黙ったまま、まだどこかばつの悪そうな顔をしていた。

「おれ達が、事務室にあった夢村の机から盗み出してきたんだ。具体的に何なのかはこれから解明していく」

コピー用紙を脇に置き、まずはパンフレットを広げる。背景の青空によく映える木造の山荘が、ページの中心にでかでかと鎮座していた。

「わたし達のいる、山荘……」

「開放的で泊まり心地の良さそうな宿だな。是非とも一度行ってみたいもんだ」

丸平君が皮肉たっぷりに言う。僕は改めて舐めるように紙面を読み込むが、そこにあるのはやはりあくびの出るような宿の宣伝文句だけだった。何が、『大自然に囲まれた安息空間！』だ。大自然どころか、限りなく人工的なコンクリート壁と鉄格子に囲まれているんだぞ。安息なんて微塵も得られないじゃないか。

静かな苛立ちをふつふつと沸き立たせながら、呑気極まりない宣伝文句を睨みつける。すると不意に、ベッドから立ち上がっていたらしい冷海さんの声が背後から聞こえた。言いながら、自分の言葉に自分で戸惑っているというような口ぶりだ。

「変じゃありませんか……？」

「え？」

冷海さんの白い指が、端の方に印刷された山荘内の見取り図を指し示す。

「ロビーの柱に掛かっていた見取り図には、裏口が書かれていませんでした。でも、ここには書いてあります」

「……本当だ」

ロビーにあった物とそっくりなその見取り図には、裏口という文字と扉の存在を表す記号が加わっていた。位置も寸分違わず、東端廊下の突き当たりだ。

「他は本当に何も変わってねえみたいだな。その部分だけか」

「裏口の場所が書いてあるから隠したのか？　……いや、そもそも奴らが山荘を経営している側の人間だとしたら、公開したくない情報を載せたパンフレットなんて発行するわけがない。となると、裏口を隠すことに決めたのが発行後で間に合わなかったのか」

「裏口の扉自体をあれだけカムフラージュしておいて、そんなヘマするか？」

「確かに一貫性がない気はする。方針が途中で大きく変わることがあれば、あるいは――」

丸平君が首をひねり、橋立君が深々と壁に寄りかかる。二人とも押し黙った。

「ほらそこの男子達、何かと難しい顔してふさぎ込まないの。悩むくらいならさっさと次に行こうよ。街端君、もう一枚は？」

「ええと……」

促されるままに、質素な薄い紙を床から取り上げる。傍らに立った冷海さんが、興味深そうに目を細めて僕の手元を見つめていた。その視線には、パンフレットを眺めていたときとは違った種類の熱が含まれているように思えた。

「そんなに気になるんだったら、先に読んで良いよ？」

ちょっとした思いつきだった。見取り図の異変をすぐに看破した冷海さんなら、僕が読むよりも深く内容を理解してくれるかもしれない。そういう考えもあった。

「あ……はい」

冷海さんは緩慢な動きで、僕の差し出した紙を受け取った。そのまま躊躇いがちな手つきで紙を横向きに持ち、眼球を素早く縦に走らせて目を通す。だが次第に、冷海さんの瞳は涼しげなものになっていった。さっきまでの熱っぽさはどこへやらだ。

「瑞ちゃん、何が書いてあるの？」

「……やっぱり、先輩が先に読んでください。量が多くて疲れそうなので」

平然とした表情で突き返された。

「う、うん」

半ば呆気にとられながらも返事をする。ほんの少し前までは、いかにも関心がありそうに見えたのだけれど。

仕方がないので、僕は縦向きにしたコピー用紙の黒い印字を今度こそ見つめた。横書きで淡々と書き綴られたさほど長くはない文章を、他の皆にも聞こえるように音読していく。

宛　夢村所長

実験施設管理上の留意点

一、鍵の管理を徹底し、マスターキーは常時携帯すること。裏口の鍵はマスターキーのみとし、一般職員の作業で裏口の解錠が必要な場合は、その都度申し出させて解錠および施錠を行うこと。

二、換気を極力控え、噴霧器の稼働状態を常に監視すること。ガスの効果は最低でも二十四時間持続することが事前実験で確認されており、噴霧器の停止によって直ちに被験体が覚醒するおそれはないが、長時間の連続曝露実験という性質上、ガス濃度の低下は好ましくない。

三、ガスの効果が不十分であると思われる被験体や覚醒の兆候が見られる被験体（施設内の事物や他の被験体、職員の言動に違和感を持つ等）を発見した場合は、速やかに確保し他の被験体から隔離すること。

四、自然災害や火災、事故等の影響により、施設の密閉性を保てなくなるおそれがわずかでも生じた場合は、事務室の緊急用電話より速やかに状況の報告を行うこと。

以上

三木さん、丸平君、橋立君、冷海さん。全員が全員、僕を凝視したまま凍りついた。自分の口から今しがた飛び出した文章が、途方もない非現実感を帯びて木目調の壁に残響する。しかし、紙面上にはまだ読み上げられていない情報が残っていた。僕は震える手で紙を回すと、文章の背景にやや薄いインクで大きく印刷されたそれを照明の下にさらした。

「職員が持っていた手帳の表紙にあったのと、同じマークだ」

植物のような何かの意匠。謎の絵図は、まるでこの紙の所有権を刻みつけるかのように堂々と描かれていた。

口火を切ったのは三木さんだった。

「どうして事務室の書類に新興宗教のマークがあるの？　しかも、実験施設って何？　わたし達がいるのは山荘じゃ……」

「ガスだの被験体だの、まるで意味が分からねえ。……揃いも揃って物騒な単語だらけだ」

「あのさ……実はわたし達、合宿に来てるはずがすごい陰謀に巻き込まれてるんじゃないの⁉」

「陰謀って何だよ。第一、俺達は現幻教団なんかとは全く無関係の学生だぞ。教団の奴らに何かされる筋合いはねえ」

「ちょっと良いか？」

三木さんと丸平君を手で制し、橋立君が鋭い声を飛ばす。

「この紙に書かれていることから、おれ達が置かれている状況を少なからず推測できたかもしれない。街端、紙を貸してくれ」

橋立君は手に持ったコピー用紙を指で叩きながら、早口気味に話し始めた。

「まずはこのマークだ。桜井が持っていた手帳の表紙と同じもの……つまり、この書類は現幻教団内でやり取りされる物だろう。ということは宛先である夢村も、現幻教団内部の人間ということになる。そして、夢村の肩書きは所長。ここに出てくる実験施設とやらの所長に違いない」

「この山荘が、実験施設なんだね」

僕の呟きに橋立君は無言で頷いた。

「現幻教団は何らかのガスを開発あるいは入手して、この山荘で人体実験をしている。山荘職員の正体は実験施設の職員、そして被験体はおれ達だ。しかも、既におれ達は全員そのガスを吸わされているらしい。噴霧器がどこにいくつあるかは知らないが、曝露実験というからにはガスがそこら中にばら撒かれているはずだ。おそらく、この部屋を含む建物全体に……」

僕は急に自分の息遣いを意識した。今吸い込んだ空気の中にも、得体の知れない薬品が混じっているかもしれないのだ。窓の外の空気は綺麗かもしれないが、ずっと窓に張りついていることはできず、もう吸ってしまった分はどうにもならない。逃げ場はなかった。

「そんな……でも、わたし達の身体、どこもおかしくないよね？　そのガスを吸うと何が起きるの……？」

「確かに、おれ達は何もおかしくない。ここにいるおれ達はな」

噛み締めるように言った橋立君の頭の中が、僕には見えた。

「僕達以外の皆が閉じ込められていることに気づかないのも、夢村を御山先生だと思っているのも、全部ガスのせいなんじゃないかな」

「ああ、おれも同意見だ。人間の脳に作用して異常な言動を起こさせる……それがこのガスの効果だと考えれば、部員達が換気や外出を執拗に拒んで、教団の実験に同調するような行動を取るのも納得がいく。本人達は異変に気づかないままガスの効果で催眠状態に陥り、誤った感覚を刷り込まれているんだ」

「さ、催眠って……」

覚醒の対義語は催眠だ。もちろん、この場合は単純に眠気を誘うという意味の催眠ではない。いわゆる催眠術のような、人間の意識や思考を掌握し操るような概念のことだろう。

「そんなこと可能なのか？　まるで、嘘くさいテレビ番組じゃねえか」

「そう仮定すると筋が通る。ガスの効果が不十分であると思われる被験体……これなんて、まさにおれ達五人のことだからな」

「わたし達、教団に見つかったらどうなっちゃうんだろう」

三木さんが独り言のように弱々しく問う。確保に隔離。抽象的で事務的な言葉に直されているけれど、その実態がどんなものなのかは想像したくもない。ここは実験施設なのだ。材料でしかない被験体など、どうにでもできるだろう。

「やっぱり、それしかないんじゃないかな」

「何か思いついたのか、街端？」

「いや……」

橋立君には悪いが、どちらかと言えばその逆だった。橋立君と違って頭の良くない僕は、新しく綿密な作戦を立てることなどできない。あるのは前々からぼんやりと考えていたことだけだ。

冷海さんが目を上げ、はっきりとこちらを見た。

「――夢村のマスターキーを奪って、この山荘から逃げる」

僕の喉から出た声は、思っていたよりも遥かに敢然としていた。あまりの声量に僕自身が一瞬呆然としたくらいだ。

しかし、反応はなかった。誰も彼もが、呆気にとられたように僕を見つめ返すだけだ。純粋な静けさに支配された場が、痛いくらいに息苦しい。皆が僕を、僕の意見を、どう思っているのかが分からない。それが怖かった。

「あ……でも、流石に無茶だし、というか、今まで大して役にも立ってこなかった僕の案だから、全然信用できないし、そのためのプランとかもないし、ごめん、良くないと思ったら、なかったことに……」

「俺は賛成だぜ」

僕のしどろもどろのど真ん中目がけて、丸平君が豪快に切り込んだ。

「え?」

「わたしも賛成!」

三木さんが小さく笑いながら声を上げる。

「右に同じだ。実際おれも、それ以外にはないと思っていたところだったんだ。街端の言葉が背中を押してくれた」

「ほ、本当に?」

「もっと自信持て、街端」

腰を上げた丸平君が、強めに僕の肩を叩く。

「お前、気難しそうに考え事してることが多いだろ。だから結構根暗そうな奴に見えてたんだが、案外肝が据わったところもあるんだな。街端がこれだけやる気出してるのに協力しないわけがねえよ」

「うんうん。あと、街端君はバッチリわたし達の役に立ってるよ。そもそも、街端君が冷海さんと一緒にわたしや丸平君を集めてくれなかったら、こうして皆でこの部屋に集まれなかったし。今頃教団に捕まってたかもしれない」

「でも、鍵を奪うのはとてつもなく危険だし、下手をしたら……」

「おれ達、仲間だろ？」

橋立君がさらりと言った。

「危険と出会ったら、仲間同士は協力してそれに立ち向かうんだ。仲間全員が助かるために、仲間全員が頑張る。そこに遠慮は必要ないさ。むしろ、言っておいて後から止める方が無粋なくらいだ」

仲間。空に高く昇る太陽のように、輝かしい光を放つ言葉だ。僕は胸の中に何かとめどないものが溢れてくるのを感じた。今までに経験したことのない、安らかな流れが身体の中心に生まれる。気づかなかっただけで、ずっと前から探し求めていたもののような。目をつぶりながらも、ずっと渇望し続けていたもののような。

「冷海さん、どうかな」

「先輩がすることなら、私は何でも手伝います」

即答。葛藤も理由づけもない、透き通るような賛意だった。

「決まったな。それなら、詳しい計画立案は任せてくれ。おれ達は本当に、全員で脱出するんだ」

部屋の中に生まれた炎のような熱気が、片手で握れてしまうほど小さな僕の心を奮い立たせた。

3　夕焼の記憶と終幕の半鐘

方針の大枠がまとまった後は、橋立君が再び軍師ばりの手腕を発揮し、すぐに計画を立ててしまった。決め手となった情報は、職員のシフト表にあった夢村のシフトだ。夜間、他の職員には仮眠のためと思しき空き時間が交替で与えられていたが、夢村は明日の朝までほとんど休みなしで仕事を続けなければならないようだった。所長、すなわちこの実験施設の最高責任者であるだけに、一時も即応態勢を崩してはならないのだろうか。徹夜で勤務するなんて芸当、よほど良い給料が出なければできることではないと思うけれど。

ともかく、橋立君が注目したのはシフト内の『巡回（東端廊下）』の文字だった。シフト表全体を探した結果、全く同じ業務が同時間帯に入っている職員はもう二人いる。つまり、夢村はこの時間帯、別の職員達と三人組で廊下を歩いているということだ。そのときの夢村は、山荘職員の……というより現幻教団職員の本拠地である事務室にいるときと比べ、かなり無防備だと言える。また、深夜ということもあり、もし襲われた夢村が応援を呼んだとしても、到着は遅れるだろう。マスターキーを奪うには、まさにうってつけの機会だった。その上、東端廊下は他でもない裏口のある場所ときた。このタイミングで鍵を奪えば、裏口を開けて逃げるまでの経路を、限りなく短くすることができるだろう。

――決行時刻は巡回が始まった直後、午前一時三十分だ。

橋立君の宣言に頷くと、僕達はそれぞれ作戦開始へ向けて準備を始め――そして、今に至る。

「よーし、だいぶ立ち回りが身についてきたね。そしたら、次は軽く模擬戦やってみよっか。今までに勉強してきた技術を使って、より実戦的な……」

「おい三木、流石にその辺でやめとけ」

「何で？　ここからが本番なのに」

「こんな夜中に部屋で暴れる奴がいるか。動きを一つ一つ静かに教えるならまだしも、騒音なんて立てたら一発で職員が見に来るぞ」

「う……た、確かに。ごめんね街端君。本当は実際の流れに沿った練習もしたかったんだけど」

「いや、これだけでも十分すぎるくらいだよ。三木さんのおかげで、何だか少し強くなれたような気がする」

「喜んでもらえたみたいで嬉しいな。他の人に教えるのは初めてだったし、わたしも楽しかったよ」

三木さんはにっこりと明るく笑い、ベッドに腰を下ろした。

「んー、何だか運動したら眠くなってきたかも」

「逃げてる途中で寝るくらいなら、今のうちに寝とけよ」

「じゃあ、そうしようかな。どうせ、もう大してわたしが準備できることもないし」

あっさりと言い切った三木さんの上半身が、ぱたりと後ろに倒れて動かなくなる。どうやら今の言葉は冗談ではなかったみたいだ。

「……どうしたらここまで能天気になれんのか、さっぱり分からねえ」

僕は護身術の練習で出た汗をハンカチで拭きながら、額を押さえて渋い顔をしている丸平君の方に近づいた。

「丸平君は何をしてるの？」

「鍵を奪う前に、あいつ以外の職員を夢村から遠ざける計画を練ってる。俺達は五人だが、腕っぷしに自信があるのはそこで寝てる奴だけだ。三人組に真っ向から勝負を挑むのは不安だからな」

その間にも、丸平君は細いビニール紐を手際良く様々な長さに切り分けていく。丸平君が座っているテーブルの上には、ビニール紐の切れ端や接着剤のチューブ、カッターナイフや洗剤のボトルなどが乱雑に撒き散らされていた。傍から見ると、小学生が遊び半分に自由工作でもしているかのような印象を受ける光景だ。一体何を作っているのかも気になるが、僕にはそれよりも先に訊きたいことがあった。

「これ、全部備品庫から持ってきたの？」

「ああ。シャーペン以外は全部だ。ライターもな」

「そうなんだ……」

流石にやりすぎじゃないだろうか。黒いテーブルの上に広がる生活用品の見本市を眺めながら、僕は無言になった。丸平君は何を思ってここまでの量の物品を盗み出してきたのだろう。もしかしたら、あらゆる事態を想定して使う可能性のある物を全て持ってきたのかもしれない。自分の部屋を出る際に荷物をまとめ終えていた件といい、丸平君の警戒心と大胆さには目を見張るものがある。僕には色々な意味で真似できない所業だ。

「橋立、今は大丈夫そうか？」

「西端廊下、ロビー、談話室……今から大体三十分間は問題ない。東寄り廊下と事務室には職員がいるから気をつけろ」

「分かった。その表があると動きやすくて助かるぜ」

丸平君は大きなリュックサックを背負うと、首を回しながら立ち上がった。

「どこかへ行くの？」

「さっきも言った、夢村達を分断する計画の下準備だ。決行直前だけだと時間が足りないからな」

重そうなリュックサックが目の前で一際大きく揺れ、物が擦れ合う音が中から聞こえる。事前準備が必要なほど、大がかりな仕掛けを考えているのだろうか。丸平君の計画に対する興味がさらに膨らんだ。

「じゃ、行ってくるぜ」

「気をつけてね」

「無茶なことはするなよ」

丸平君は頷き、丸平君にしてはやけに丁寧な動きでゆっくりと扉を開いた。いくら夜中だと言っても、慎重すぎるんじゃないだろうか。首を傾げた僕を見て、丸平君は部屋の奥の方へ向け小さく顎をしゃくった。

なるほど。三木さんを起こさないようにということか。普段はややもすれば乱暴そうに見える丸平君のさりげない気遣いに、僕は自分の顔がほころぶのを感じつつ後ろを向いた。

振り返ったその先には、三木さんが仰向けに寝転んでいる。そしてその隣では、ベッドの隅に浅く腰掛けたままの冷海さんが、目を閉じてゆらゆらと船を漕いでいた。

◆◇◆◇◆

丸平君は二十分と経たないうちに帰ってきた。なぜか、右手で掃除用のモップを掲げながら。

「え、これか？　すぐそこの掃除用具箱から借りてきた。奴らを嵌めるのに必要だからな」

「そうだ。聞きそびれてたけど、具体的にどうやって職員を引き離すの？　随分と周到に用意してるよね」

「言っても良いんだが……どうせなら本番を楽しみに待ってろよ」

丸平君はにやにやと笑う。

「やっぱり三木さんの言う通り、他人を引っかけるのが好きなんだね。いつになく生き生きしてる気がする」

「そんなんじゃねえよ！　第一、橋立と話し合って立てた計画だ。俺が勝手に盛り上がってるのとは違う」

「でも、どちらかと言えば丸平の方がノリノリで案を出してたけどな」

「うるせえ」

橋立君が投げた軽口にも即座に嚙みつく。三木さんとはまた別の方向で分かりやすかった。

「ともかく、丸平の発想力を舐めない方が良いぞ。工作を絡めると、おれには全然思いつかないようなアイデアを次々と出してくる。しかも、それを実現する手先も持っているんだから末恐ろしい」

「……まあ、見とけ。邪魔は入れさせねえよ」

短く言った丸平君は、額を掻きながら床にリュックを軟着陸させると、橋立君と方眼紙を覗き込みながら何か話し始めた。

手持ち無沙汰になってしまったところで、僕はふと残りの二人のことを思い出しベッドを見た。

三木さんは相変わらず身動き一つせずに眠り込んでいたが、うつらうつらしていた冷海さんは視線を感じたのかゆっくりと目を開いた。

「ごめん、起こしちゃった？」

「いえ……すみ、ません。寝て、ましたか」

薄く開いたまぶたの奥の瞳はまだ眠そうで、声にも虚ろな響きが混じっていた。

「別に謝ることでもないよ」

「は、ぁ……」

僕の言葉に対する反応も薄く、よく見ると今も頭がこっくりこっくりと上下している。まだ半分眠っているんじゃないだろうか。

「バスで眠っててそのまま山荘に連れてこられたのに、目が冴えたりしないの？　僕なら寝ろって言われても寝られる気がしないよ」

「……？」

くい、と冷海さんの首が曲げられる。その動きはやはり緩慢だった。

「私は、あれからしばらくして、起きましたよ……。全員で普通に、バスから降りて、山荘に入ったじゃないですか……連れてこられたなんて、物騒な……」

「え？」

何を言っているんだ？　僕は確かに部屋で目を覚ました。冷海さんも、三木さんも丸平君も、僕と同じだと言っていたじゃないか。まるで道理が通らない。

「冷海さん、どういうこと？　言ってる意味がさっぱり分からないんだけど。説明してよ！」

「え、えと」

つい力がこもった僕の声に、冷海さんが目を瞬かせる。真っ黒な瞳の奥に初めて、急き込む僕の顔がはっきりと捉えられた。

「すみません、少し寝惚けていたみたいです。私、何か変なことを言いましたか？」

「僕達は皆、山荘の部屋で目を覚ましたんだよね？　山荘に入ったときのことなんて覚えてないよね？」

「はい、先輩の言う通りです」

冷海さんの態度は平静そのものだった。さっきまでのどこか気が抜けたような無表情ではなく、知性を感じさせる落ち着いた表情だ。

「良かった。安心したよ」

「そうですか……」

本当にただ寝惚けていただけのようだ。急にとんでもないことを言い出すので驚いてしまった。まあ、もちろん、僕の方が正しいというのは当然の帰結であり自明の事実なのだけれど。僕は自分の論理的で客観的な状況認識に全幅の信頼を置いている。この程度の寝言に惑わされたりはしない。何もかもがおかしくなったこの山荘にいても、僕自身の正常な感覚だけは決して揺らがない。当たり前だ。

「街端、そろそろ三木を起こしてくれないか。もうすぐ出発だ」

「うん」

僕は橋立君に向かって力強く頷いた。

◆◇◆◇◆

一時十分には部屋を後にしたにもかかわらず、潜伏場所——東端廊下への入り口を監視できる、東寄り廊下に入ってすぐの角の近く——に全員が揃ったのは決行時刻の数分前だった。準備があると言って談話室と東端廊下へ向かった丸平君が息を切らしながら帰ってきたとき、三木さんは大げさに溜め息をついた。

「あんまりハラハラさせないでほしいんだけど」

「工作物の確実な運用には、綿密な点検と動作チェックが必須。基本中の基本だ」

丸平君はうるさそうに手を振って三木さんに背を向けた。

「来たぞ」

会話に加わらず、ずっと耳をそばだてていた橋立君が言った。何人かの足音が曲がり角の向こうを通り過ぎ、東端廊下の奥へ消える。僕はぐっと唾を飲み込むと、背負ったリュックサックの肩紐を握り締めた。リュックサックに入っているのは本当に必要最低限の物だけだ。同様に丸平君のリュックサックも、中身の一部を部屋に置いて来たためかなりへこんでいる。他の三人は、特に必要な物もないため何の荷物も持っていない。

早速、丸平君が動いた。忍び足で廊下の入り口近くまで出ると腕時計を覗き込み、数秒後、足元の壁を強く蹴飛ばす。静かな夜には似つかわしくない、無粋な騒音が鳴り響いた。

丸平君が僕達のいる曲がり角の裏へと再び滑り込んだとき、東端廊下の方から男の声が近づいてきた。

「どなたかいらっしゃるのでしょうか？　どうなさいましたか？」

夢村の声ではない。どうやら本当に、夢村と一緒に巡回していた職員のうちの一人を釣り上げられたようだ。しかしその声は、そのときちょうど談話室の方から聞こえてきた、全く別の人間のはつらつとした声にかき消された。

「――この時間は女子バレーボール国際親善試合、第三戦の模様をお送りいたします。実況は――」

テレビのスポーツ番組だろうか。不思議に思っていると、丸平君が背後から低い声で囁いた。

「談話室のテレビで視聴予約してやった。ついでに音量は最大だ」

職員はすかさず談話室へ向かったようで、やがて引き戸を開けるか細い音がした。

「どなたかいらっしゃいますか？　部屋の明かり、お点けしますよ？」

「まあ、照明のスイッチは、もう中の線を切ってあるんだけどな」

丸平君はあっさりと言う。

「あれ、どうして……明かりも点きませんし、危ないですよ。いらっしゃいましたらお返事なさってください。……分かりました。いらっしゃらないようですので、テレビは消させていただきますね」

「よし、そうだ。早く行け、早く入れ……」

丸平君の言葉通り、職員は真っ暗な談話室へと踏み込んだみたいだ。そしてしばらくは廊下に戻った静寂も、長くは続かなかった。

「ぅわっ！」

職員のくぐもった悲鳴が聞こえ、乱雑な物音がした。

「どうしたんだろう？」

「さあな。色々と仕掛けたから、どれに引っかかったかなんて分からねえよ。椅子とテーブルの間には適当に紐張ったし、床はワックスだらけ、転んで手をつきそうなところには瞬間接着剤がたっぷりだ」

「えー、悪質すぎてドン引きなんだけど……」

三木さんが呆れ果てたように顔をしかめた。

「いいから見てろ。これで上手くいくはずなんだよ」

「どうした？　誰かいたのか？　……談話室か。入るぞ？」

別の人間の声。これも夢村ではないので、二人目の職員を誘い出せたに違いない。ここまで計画通りに事が運ぶとは思わなかったので、僕は内心戸惑った。

「宗教団体でも何でも、組織なんてものは結局どこも同じ動きをするのさ」

僕の驚きを見透かしたように、橋立君が突然呟いた。

「集団のトップの人間達は、極力当初の予定通りに行動するよう心掛ける。予定外の対応が必要になったときは必ず、立場が下の人間から順に送り込まれていく。どうしても現場の人間だけで対処できないときに限り、トップの面々が後から悠々と登場してくる。そうすることで、組織は円滑に運営されていくのさ」

「……いてっ！　何だこれ……!?」

「手、手を下ろすな！　下ろすとくっつくぞ！」

「全員用意はいいな」

壁に立てかけていたモップを手に取り、丸平君が号令を掛ける。

「冷海さんも、準備は大丈夫だよね？」

「はい」

「じゃ、夢村の野郎に会いに行くぞ」

僕達は一斉に、東寄り廊下の入り口近くまで駆け寄った。丸平君が左右を警戒してからロビーに飛び出し、開けっ放しになっていた談話室の引き戸を閉めると、モップをつっかえ棒のように使い戸をがっちりと固定した。モップが必要だというのはこういう意味だったのか。これであの二人はもう、外からの手助けなしに談話室を出ることができない。

丸平君は廊下に戻ってくると、今度は床にひざまずき何かをつまみ上げた。それは、部屋で丸平君がいじっていた細い透明なビニール紐だった。

「……」

丸平君が難しい表情をして目を閉じ、どこに繋がっているのか分からないその紐を慎重に引く。

かたん。

何かが金属とぶつかる音。出所は東端廊下の奥だ。僕達は再び丸平君を先頭に歩き出し、東端廊下の中ほどの角にたどり着いた。紐は壁際の床の上をひっそりと延び、廊下の先まで続いている。この先という言葉に、心臓が激しく鼓動した。ほんの数メートル、目と鼻の先に夢村がいるのだ。

曲がり角の向こうを片目だけで覗いていた丸平君が、唐突に僕を手招きする。場所を代われと言っているようだ。僕はすり足で木目調の壁に近づき、息を大きく吸い込んでから左目を出した。

夢村だった。真後ろから見ても、あのシルエットは見間違えようがない。くたびれた鼠色のスーツを着込み、こちらに背を向けて立っている。夢村の見つめる方向には、金属でできた縦長の掃除用具箱があった。

「あいつが掃除用具箱を開けたら、すぐに腕を振ってくれ。それに合わせて俺がもう一度紐を引く」

丸平君が耳打ちした。

「弱く引けばただの音。そして強く引けば……」

夢村が掃除用具箱の扉に手を掛け、少し手を止め、そして――。

「……シャワーだ」

僕は握りこぶしを思い切り振り抜いた。同時に開いた金属の箱から、ビニール紐に括りつけられた透明なボトルがロケットのように飛び出し、中に入っていた液体が夢村の顔面を直撃する。

壁の陰から走り出た僕達が見たのは、両手で目を押さえて頭を滅茶苦茶に振り乱す夢村の姿だった。ただの水ならこうはならないだろう。

「どの家庭にもあるごく一般的な台所用洗剤、グレープフルーツとシトラスの香りだ。備品庫に置いていてくれて助かったぜ」

「誰だ……っ」

夢村が顔を上げた。けれど目はまともに開かないようで、洗剤と涙で無残に崩れた目元は真っ赤に充血していた。

「やぁっ！」

三木さんの身体は既に半歩前へ飛び出していた。僕も腰を落とし、慌てて三木さんのブレザーの背中を追う。

鞭のようにしなやかな腕が、目にも止まらぬ速さで夢村の腹へと繰り出された。夢村の両腕は顔を押さえるために上がりきっている。勝負あった。僕は確信した。

だが、三木さんの右手は空を切った。夢村は腰を器用に曲げて打撃を受け流し、さっきまでの狼狽が嘘のように俊敏な動きで、腕を下ろしながら後ろへ下がったのだ。

一瞬だけ攻撃を止めかけた僕も、再び加速をつけて追撃に移る。三木さんよりは遥かに鈍く遅い攻撃だとは言え、僕だってわずかながら技を学んだ身だ。三木さんが夢村の体勢を崩してくれた今なら、やってみる価値はある。

腹を守るように手が下がり、逆にがら空きになった顎を目がけて掌底を叩き込む。指の背で打つ正拳を初心者がやると、かえって自分が怪我をしてしまいやすい。硬い骨の突起で打撃できる掌底の方が付け焼き刃としては有効。部屋で三木さんが教えてくれたことだった。

確かに手応えがあった。手のひらの下部が顎の骨を叩く感触。けれど、当たりが弱い。夢村は頭を左右に揺らしながらも、はっきりとした足取りでまた後ずさった。僕と違って強い三木さんならこれで決めていただろう。どこまでも非力な自分がひどく憎らしくなった。

それでも、場の形勢はほぼ固まっていた。もう一度全員で掛かれば夢村に勝ち目はない。僕達が改めて身構えたそのとき、夢村が胸元から見覚えのある黒いトランシーバーを取り出した。

「まさか」

橋立君が言い終えるよりも早く、夢村はボソボソと口を動かしていた。あのトランシーバーの先には他の職員達がいる。部下を呼ぼうとしているのは確実だった。

僕達は夢村に向かって走り出した。まだわずかだが時間はある。職員が来るまでの間に、何としてもマスターキーを奪い取るんだ。

しかし、僕達にとって救いとなるはずだったそのタイムラグは、わずかどころか微塵もありはしなかった。

「所長、大丈夫ですか！」

客室の扉が弾かれるように開き、寝間着姿の若い男が現れた。

「な……」

とっさに足を止めた。その間にも周囲の客室の扉が次々と開き、中からは服装も年代もばらばらな人間達が流れ出してくる。扉を開け放ついくつもの衝撃音が廊下に反響し、深夜の廊下は喧騒に包まれた雑踏に姿を変えた。

「どうしましたか⁉」

「君達、そこで何をしているんだ！」

客室から出現したのは六人。全員が腫れぼったい目を擦りながら、前方と後方に半分ずつ分かれて僕達を取り囲むように立っている。一番前にいた三木さんが、両腕を構えたままでかすれた声を上げた。

「こいつら、職員……?」

「くそ、仮眠室か」

吐き気を催したような表情で歯噛みした橋立君の言葉で、僕は全てを理解した。見取り図を見れば分かるように、文芸部の部員数に対する客室の数は明らかに過剰だった。余った部屋は空室にすることもできるが、職員の仮眠室として活用することも十分可能だろう。おそらく僕達は知らず知らずのうちに、職員がたっぷり詰まったそれらの部屋が集まる一角に入り込んでしまったのだ。計画は、失敗した。

「……捕まえろ」

夢村が職員達に命令を下す。その口調にはいつもの無気力ではなく、代わりに憎悪と警戒が色濃く渦巻いていた。多分、夢村は気づいたのだ。僕達がただの生徒ではなく、教団に反抗する危険因子だということに。

橋立君が叫んだ。

「引き返せ!」

「後ろお願いっ!」

三木さんが跳ねるように身体を反転させ、退路の確保に向かう。

「君、待ちなさい――」

二十代くらいの短髪の男が、僕の右手首をつかんできた。三木さんとの練習風景が頭の中で瞬時に再生される。

僕は握っていた右手のこぶしを開き、力を抜く。手を開いている状態の方が腕が太くなり、つかむのが難しくなるためだ。男の手が具合悪そうに小さく動いた隙に、腕を下ろして手前に引き寄せる。そのまま手首を百八十度ひねり、上から男の手首をつかみ返すと全身の力を込めて握り締めた。

「うっ」

短髪の男の喉からくぐもった声が漏れ、拘束が緩んだ。僕が背後に身を引いた途端、丸平君が左右の職員の鼻先に、空の洗剤のボトルとぐるぐる巻きになったビニール紐の塊をそれぞれ投げつけた。裏口側にいた三人の職員が揃って怯んだのを確認し、僕と丸平君は踵を返した。

橋立君と冷海さんを追い抜いて列の先頭についた三木さんの頭に、太った中年の男の腕がつかみかかるように伸びる。三木さんが半身に構えてかわし背中に裏拳を叩き込むと、勢いのやり場を失った巨体は真っすぐにこちらへ突っ込んできた。その延長線上には、目を見開いた冷海さんが立っていた。

僕は重心を落とし、床を蹴って冷海さんの背後まで踏み込んだ。動作の流れを切らないまま、冷海さんを引っ張るようにして左の壁際に飛び退く。肩をしたたか打ったが、何とか冷海さんをぶつからせずに済んだ。僕は右手を固く握ると、すれ違いざま中年男の背中に肘を振り当てた。二段階の加速を食らった中年男は、止まることもできず背後の職員達に突っ込んでいく。悲鳴が上がった。

左右に立つ職員達が呆気にとられているのを無視し、五人一列になって駆け出す。先頭が三木さん、その後ろに橋立君、冷海さん、そして僕、最後尾が丸平君だ。

二人の職員の間をすり抜け終えた瞬間、リュックサックを引っ張られる感覚がした。負けじと引っ張り返し、そのまま突破しようと足首に力を込める。すると、どうやらチャックの金具をつかまれたようだ。ファスナーが無理矢理こじ開けられる音に続いてリュックの中身が床に落ちる音が反響し、背後へと引かれる力が急に途絶える。つんのめりながらも体勢を立て直した僕の後ろからは、もう一つ異質な低い音が聞こえてきた。僕は思わず振り向いた。

職員の一人に背中を踏みつけられた丸平君が、うつぶせで倒れていた。首だけを上げてこちらを見つめる顔は強張り、苦悶に支配されていた。

「丸平君！」

職員が驚いたように目を上げた。どうする？　どうやって丸平君を助け出す？　この職員だけなら何とかできる可能性はある。だが、その後ろからは他の職員達が押し寄せて来る……。

「先輩っ！」

左の手が何かに包まれる。見ると、冷海さんが抱きつくようにして僕の腕を引いていた。

「行きましょう」

どうしてだ。どうしてそんなことが言えるんだ。全員で脱出すると決めたじゃないか。そんなにも簡単に、丸平君を見捨てられるのか。僕の中でやり場のない怒りと苛立ちが膨れ上がった。

不意に、丸平君が微かに口を開いた。肺を圧迫されているせいか、途切れ途切れにしか声を発することができない。それでも、言おうとしていることは明瞭だった。

「い、け。はやく、しろ」

再び、さっきよりも強く腕を引かれる。

「……行くんです。逃げるんです」

二人の目が、別々の方向から僕を見上げる。その合わせて四つの目の表面には全て、同じ種類の潤みがうっすらと浮かべられていた。

僕は何も言えないまま、丸平君から目を背けてロビーの方へと走り始めた。ほんの数分前に目指した方向と、正反対の方向へと。廊下の曲がり角を過ぎたところで立ち止まり、追って来た職員の腹に壁の陰から頭突きを食らわせる。半ば放心したようでいて、脳は理性に包まれていた。

僕の頭の中は、これまでに体験したことのない奇妙な状態に陥っていた。

ロビーに戻ると、先に行っていた冷海さんが事務室の前辺りで僕を呼んでいた。冷海さんの後ろには橋立君と三木さんもついて来ている。

「僕の部屋には戻っちゃだめだ」

今の騒動で、僕達は全員顔を見られてしまっている。僕達のうちの誰かの部屋に行くのは自殺行為だろう。

「分かってます。ついて来てください」

冷海さんは冷静に言うと、丸平君の部屋があった西寄り廊下へと駆け足で入って行く。そして、通路の中ほどにある客室の扉の前で立ち止まった。

「誰の部屋なんだ？」

「先輩、ネクタイ借りますね」

橋立君の疑問を無視して僕の胸元に手を伸ばした冷海さんは、少し背伸びをしながらも、てきぱきと制服のネクタイをほどいてしまった。

「すみません、開けてください！　お願いします！」

冷海さんは突然、緊迫した声を上げながら扉を小刻みに叩き始めた。

「ん、だれー……瑞ちゃん？　あれ、今何時……？」

眠そうな声とともにドアノブが動き、中からパジャマを着たショートカットの女子生徒が顔を覗かせる。間髪を容れず、冷海さんが手に持ったネクタイを女の子の目元に巻きつけた。

「うひゃあっ」

「裕奈さん、静かにしてください。入りますよ」

冷海さんが耳元に唇を近づけて囁くと、女の子の肩がぷるぷると震えた。

「ま、待ってよ。どしたの？　てか、くすぐったいって――」

「いいですから」

冷海さんが振り向き、ネクタイを押さえていない方の手で手招きする。その表情は真剣そのものだ。僕達は三人とも顔を見合わせながら、裕奈さんの部屋に踏み込んだ。

「鍵、お願いします」

裕奈さんをベッドに座らせつつ、冷海さんが指示を出す。僕は慌てて扉の鍵を掛けた。

「誰か他にいるの？」

「います。でも、誰かは言えません。……ごめんなさい、ひどいことをして。これ以上は何もしませんので」

「ふー、本当だよ。友達が来たからドア開けたら、いきなり目隠しされるなんて思わないって」

正体不明の集団が部屋に乗り込んできたというのに、裕奈さんの声は明るかった。呑気とすら言えるかもしれない。

「あの、もっと怒ったり怖がったりしないんですか？」

「別に？　さっきはつい驚いちゃったけど、瑞ちゃんがいるなら大丈夫じゃないかな。それに瑞ちゃんがこんなことするってことは、ちゃんとした理由があるってことだと思うし」

きょとん、という音が聞こえるような錯覚を覚えた。カラスが黒いということを説明するかのごとく、当然のように言い放つ。楽天的な口ぶりは崩れる気配すら見せない。

「そ、そうですか……ありがとうございます」

冷海さんは拍子抜けしたように呟いた。

「でさ、わたしはどうすれば良いの？　まさか人質とか？」

「ええと、とりあえず静かにしてもらえれば大丈夫です。なるべく早く出て行きますから。何かあれば私から言います」

「あいあいさーっ」

「……すごいな」

横で橋立君がぼそりと言う。さらにその隣で、三木さんが裕奈さんの方を見つめながら目を白黒させていた。

確かに、裕奈さんの態度は全く理解できない。突然押し入ってきた何者かに視界を奪われた上、実質的には拘束もされている。そんな中、ただ冷海さんがいるという理由だけで自らの安全を確信できているのだ。きっと、裕奈さんは冷海さんに対して絶大な信頼を寄せているのだろう。すなわち、善悪の判定基準を冷海さんがすること一つ一つについて持つのではなく、冷海さんがした時点で善であると判定しているのだ。この無条件の信頼を月並みな言葉で表したものが、いわゆる固い友情というものだろうか。

僕には裕奈さんが本当に不思議な人に見えると同時に、冷海さんのことがとても羨ましく思えてきた。妬ましいくらいだった。こうして誰かから無条件の信頼を寄せられることは、どれだけ喜ばしく心地良いことだろう。長々とした説明も万人が認める論理もいらない、そんな関係を他人と結べることはどれだけ素晴らしいことだろう。

僕には無理だ。そう思った。僕なんかにとっては、いくら願っても到底叶わない雲の上の出来事だ。

「――はぁ、面倒くせぇ。こんな夜中に叩き起こしやがって……」

扉の外から男の声が聞こえ、僕はぎくりと後ろを振り返った。ほどなくして、ノックの音が一回、二回と、緊張した空気を震わせる。

「夜分申し訳ありませぇーん。夜間の見回りです。最近、本山荘でも窃盗事件が発生しておりまして、警戒の呼びかけに参りました。何か変わったことなどございませんでしょうかぁー？」

「ないと言ってください」

冷海さんが裕奈さんに指示を出した。

「特にありませーん！」

「ありがとうございました。では、今後も扉はきちんと施錠し、誰かが訪問してきても相手をよく確認してから扉を開けるようにしてください。失礼しまぁす」

「はーい」

裕奈さんが答えるや否や、踏み鳴らすような足音は素早く遠ざかっていった。

「はいはい問題なしっと。声かけだけでも疲れんのに、部屋の中なんて見てられっかよ。畜生あのクソババア、何がボランティアだ。てめえのカルトに息子を巻き込むんじゃねえよ。酒もねえし女もババアばっか――夜分申し訳ありませぇーん」

男はぶつぶつと恨みがましく吐き捨てると、隣の部屋の生徒に対しても同じ呼びかけを始めたようだった。

「やる気のない奴が見回りで助かったな」

橋立君がひっそりと言った。

「やっぱり、逃げたわたし達のことを探しに来たのかな？」

「だろうね。普段なら、夜中に客室を個別訪問するわけがないよ。それで冷海さん、ここから出て行くって言ってたけど、どこか行く当てはあるの？」

「はい」

冷海さんは落ち着き払った声で続けた。

「裕奈さん、この近くに空いている客室はありますか」

「うん、あるよ？　ちょうど向かいの部屋だけど」

◆◇◆◇◆

裕奈さんは、結局最後まで従順で協力的だった。ネクタイを目元から外された後も、冷海さんの出した、目を閉じて壁側を向いているようにという要求をきちんと守っていたほどだ。極めつけは、僕達が部屋を出て行くとき、裕奈さんが後ろ向きに手を振りながら上げた元気な声だ。

「瑞ちゃん、何だか知らないけど頑張ってね！　わたし、とにかく応援してるから！」

その頃にはもう僕達全員が、毒気を抜かれきった優しい目で裕奈さんを見るようになっていた。感覚が狂ってさえいなければ、きっと裕奈さんも僕達の仲間に入れただろうし、冷海さんもこんなときこそ裕奈さんみたいな人と一緒にいたかっただろう。あれほど信頼してくれる友達を放っておかなければならない冷海さんの気持ちを想像すると、僕は胸が詰まるような思いに襲われた。

裕奈さんの部屋に入ってから十数分後、職員の男が廊下から立ち去ったのを見計らって部屋を出た僕達は、裕奈さんに教えてもらった空き部屋に忍び込んでいた。

「誰も使わない夜中も談話室が開いていたので、空きの客室にも鍵が掛かっていないかもしれないと思ったんです」

「裕奈さんの部屋といい、ここといい、冷海さんのおかげで何とか助かったよ。ありがとう」

内側から鍵を掛け、ネクタイを結び直しながら感謝の言葉を伝えた。息をつきかけたとき、橋立君が僕に鋭い視線を向けた。

「何か言ったか?」

「え?」

「いや……違う、リュックの中からか。音が聞こえる」

僕は大きく口の開いたリュックサックを覗き込む。同時に僕の耳も、人の会話のような雑音を感じ取った。掘り進めるようにして荷物をどかしていくと、奥底から現れたのは桜井さんから盗んだトランシーバーだった。

「──夢村より巡回の浜岡へ。西寄り廊下の客室の点検は完了したか。どうぞ」

「巡回の浜岡より夢村へ。完了しました。どうぞ」

僕はとっさにスピーカー部分に手を当て、耳に近づけた。教団職員達の通信だ。やはりこのトランシーバーが連絡手段だったのだ。

「空き客室の施錠も完了したか。どうぞ」

「あー、えーと、忘れました。どうぞ」

音質はかなり悪かった。ノイズも多く、音声が圧縮されたように潰れてしまっているので、名乗ってくれなければ誰が話しているのかを判断するのが難しいくらいだ。それでも、夢村というのはもちろん所長の夢村のことに違いなかった。

「すぐに施錠してくるように。以上」

通信が終わったようだ。沈黙したトランシーバーを胸ポケットに入れたとき、不意に冷海さんが声を上げた。

「西寄り廊下の空き客室って、ここの……！」

それ以上の言葉はいらなかった。まるで時計の秒針が時を刻むかのように、一定の間隔を空けて近づいてくる乱暴な足音が、僕達の注意を瞬時に引きつけた。

僕は入り口のドアに飛びついた。震える手で、締めたばかりの鍵を開ける。ひんやりと冷たいノブから指の先を離した途端、たった一枚の薄い板の向こうで床を踏む音が止んだ。

気をつけでもするかのように全身を硬直させた僕の目の前で、ドアノブがかたかたと震える。鍵が差し込まれ、ゆっくりと回され……やがて、足音はまた廊下の先へと遠ざかっていった。

「うぅ、怖かった……」

ベッドに腰を下ろした三木さんが、弱々しく呟いた。

「心配するな。これでひとまず、奴らはこの部屋を捜索範囲から外したんだ。今は幸運に感謝するときさ」

橋立君の励ましに返答することなく、三木さんはそのまま床の木目に視線を落とす。その表情は暗く陰鬱なままだ。生まれた短い沈黙の後、三木さんが前触れもなく問いかけた。

「ずっと訊けなかったんだけど……丸平君はどうしたの？」

部屋の中央に立つ僕と、壁に寄りかかった橋立君。二人が同じタイミングで、今は誰も座っていない備え付けの黒いテーブルを見やる。三木さんの隣で縮こまるようにベッドに腰掛けた冷海さんは、宙を見つめたまま動かなかった。

「丸平君は」

「どこか別のところに隠れてるの？　それなら、早く迎えに行かないと」

僕の口が誰かに操られているかのように開いた。実感のこもらない音節の羅列が、淡々と垂れ流されていく。

「あいつらに……捕まった。逃げるときに一番後ろにいて、職員に踏みつけられて、それでも僕と冷海さんに、行け、早く、って……」

「……何、それ」

三木さんの頭ががくりと下がり、真下を向いた瞳から涙がこぼれた。電灯の明かりに照らされて光る水の粒が、まつ毛の先まで進んでは膝の上へと落ちる。

「一番、調子に乗ってたくせに。自信満々で計画練ってたくせに。偉そうに色々準備してたくせに」

橋立君は腕をきつく組むと、背中でずるずると壁を擦りその場に座り込んだ。

「その自分が、どうして最初にいなくなっちゃうの。おかしいよ」

言葉が出なかった。僕は三木さんの顔を見つめながら、ただ立ち尽くすことしかできなかった。

「ごめん。……洗面所、使わせてもらうね」

三木さんが洗面所の扉を開け、逃げるように駆け込んでいった。固く閉じられた扉を横目で眺めてから、橋立君もまぶたを落とす。

「……街端、辛かったら休め。三木も、時間が経てば必ず落ち着くはずだ」

再び静寂が訪れた。少し前までは何とも思わなかった夜の空気が、僕の全身にくまなく絶望感を充塡していくかのようだった。丸平君はもういない。失ってしまった。最後まで一緒に逃げ延びるはずだった丸平君は、もう僕の前に現れないのだ。こんなにも簡単に、現幻教団の手に落ちてしまったのだ。

僕の首筋がぞくりと粟立った。寒い。僕達はこれからどうなるのだろうか。この実験施設を脱出し、僕達自身や他の生徒達を教団の企みから救い出す。見えていたはずの明確な目標が、今はずたずたに切り裂かれて散乱していた。僕達は頑張った。やれる限りのことをやった。まだ足りないのか？　まだ僕達に努力を要求するのか？　こんなに戦ってきたのに？　こんなにも孤独に耐えてきたのに？　冗談はやめてくれ。僕はいつでも、仲間に助けられてばかりだったんだ。僕の希望は僕じゃなく、僕の大事な仲間だったんだ。その仲間を一瞬で奪い去られたら、泣きたくなるほど辛いに決まっているじゃないか。

寒気が一段と強まり、体中が震え始める。口の中がからからに乾燥し、吐き気すら催しそうだった。怖い。仲間がいなくなるのが怖い。それも、これほどまでに唐突に。一寸先は闇だ。次は誰だ？　橋立君？　三木さん？　あるいは僕や冷海さん？　結局、僕達が今ここにいること自体が恐ろしく不安定なことなのだ。未来に僕がいて、その周りに仲間がいるかなんてことは分からない。もっと言えばこの今だって、僕や皆がここにいるかなんて分からない。そうだ。こんなに危険な敵だらけの場所で、僕達が無事にこの場にいられるという必然性なんてないじゃないか。色々な事態を何とか乗り越えてきたから勘違いしていただけで、本物の僕達はそんなに強いはずがないんじゃないか？　僕はひどく甘い考えを持っていたんじゃないか？

僕の目玉が上下左右に高速で移動する。皆そこにいる。そこにいるように見える。でも、それは真実なのか？　僕は疑う。僕の外部には、確かなものなんて何もない。信頼できるのは自分ただ一人。この山荘の異変に気づいたときに思ったことだ。それならここにいる皆が、確かに僕の希望であり仲間であることなんて誰が保証できる？　おかしくなった他の部員達が見ている平和な合宿生活の夢と同じく、単なるまやかしであり幻である可能性をどうやって排除できる？　僕は本当に戦えるのか？　最後まで戦い続けられるだけの手段を持っていて、最後まで戦い続けられるだけの目的を持っているのか？

「先輩？」

冷海さんの声がした。僕の両目が冷海さんの顔を視野内に捕捉する。でも、あれが冷海さんかどうかはまだ分からない。現状ではただ、僕が冷海さんだと思い込んでいるものに過ぎない。それではだめだ。僕は安心できない。安心して戦い続けるためには、確かめなければならないのだ。冷海さんが冷海さんであるかどうかを、確かめなければならないのだ。

「大丈夫ですか……？」

大丈夫だとも。僕はいつだって大丈夫だ。それは僕が分かっているから安心してほしい。僕以外のことについては分からないけれど。僕はおもむろに冷海さんへと歩み寄った。三木さんはまだ洗面所から戻ってきていない。橋立君はいつの間にか、腕に顔を埋めて規則正しい寝息を立てていた。

冷海さんの目の前に立った僕は手を挙げ、躊躇いなく冷海さんの華奢な肩を押した。いとも容易く、音もなく、冷海さんの小柄な身体がベッドの上に仰向けに転がった。手足は投げ出されるままに広げられ、さっきまでしわ一つなかった白いシーツに、冷海さんの輪郭に沿って細かな線が刻み付けられていく。ふわりと広がった滑るような黒髪と、崩れた制服のリボンの赤が交差する。

「……」

僕は冷海さんを見ていた。冷海さんも僕を見ていた。あくまでも黒い夜空のような瞳にはかすかに怯えの色がにじんでいたが、冷海さんの表情は決して弱々しいものではなかった。たとえるなら、強烈な覚悟を持って宿敵に相対するときのような、静かで決然とした表情だった。

いや、そもそも冷海さんはどうして、怯えたり緊張したりしているのだろう。恐れることなんて何もないじゃないか。僕の行動の目的は、いつでも冷海さんを守ることだ。それはどんなときも変わらない。変わるわけがないのだ。

瞬きをする。わずかな暗転を挟んで再び見えた冷海さんは、笑っていた。全てを許し受け入れるように、優しく慈悲深く微笑んでいた。冷海さんは認めてくれたんだ！　僕は恍惚感に飲み込まれた。手を開き、五本の指を冷海さんに向かって伸ばす。もう少しだ。もう少しで、指の腹が冷海さんに触れる……。

かちり。何かのスイッチが入る音が、頭の中心で小気味良く鳴った。瞬間、脳を直接つかんで揺さぶられるような衝撃が突き抜ける。後ろを振り返った。眠り込んでいる橋立君しかいない。

僕はふらつく足を何とか制御しながら、もう一度冷海さんに近づこうとした。

「ぃ……っ！」

また衝撃が来た。加えて今度は新しく、耳の奥で男のわめき声が聞こえ始める。声の主は一人なのに、幾重にも反響するせいで雑多な音の集合と化した声は、その意味を全く示してくれない。ただうるさいだけの騒音が、ぐらつく脳を畳みかけるようにかき回した。僕は肩で息をしながら、冷海さんをもう一度しっかりと見据えた。

冷海さんは笑っていなかった。怯えの色はそのままに、薄く困惑が追加された大きな瞳を僕に向けている。どうしてなんだ。僕を認めてくれたんじゃなかったのか。瞬きをする。冷海さんは笑っていた。穏やかな微笑み。僕は少しだけ落ち着いた。また瞬きをする。冷海さんが笑っていない。怯えと困惑。僕は大いに混乱する。

その間にも、脳に与えられる振動と正体不明のわめき声は増すばかりだった。……うるさい。誰だ。この不快な声の主は誰だ。僕が冷海さんの存在を確かめるのを邪魔する奴は誰だ。消えろ！　邪魔をするな！

これでは埒が明かない。僕は大きく肺に空気を吸い込むと、渾身の力を込めて右手を冷海さんの顔に向かって突き出した――。

「なん、で」

僕の人差し指の先端は、限りなく冷海さんの頬に近づいていた。しかし、指先には何の感触もない。見えないくらい薄く、けれど世界中のどの物質よりも硬い防壁が、そこにあるかのようだった。

とどめとばかりに、一際大きな衝撃が僕を正面から貫いた。平衡感覚が吹き飛ぶ。頭蓋骨の中身がどろどろに溶けていく。抗しきれず背後に倒れる僕の目に、天井からぶら下がる部屋の電灯が映った。

「本当に――」

無数のわめき声が刹那に収束し、一つの声になる。その声は、僕がこれまでの人生で最も多く聞いた声だった。

「――一人じゃ何もできないんだね」

◆◇◆◇◆

その日の夕方、僕は桜並木の下を歩いていた。並木道は通学路の途中にあって、この時間帯は帰宅する学生や子ども連れの主婦などでそこそこ賑わっている。花見シーズンを過ぎた桜の木々は、既にその花をすっかり散らしてしまい、今は若々しい葉をつけて晩春の風にさわさわと揺れていた。

「なるほど」

隣に並んだ冷海さんが、手に持った新書を興味津々といった様子でめくりながら呟く。純粋に関心を持っているらしい。

「本を読みながら歩くと危ないいんじゃないかな」

「そうですね。すみません、お返しします」

冷海さんは頷いて本を返す。僕は素早く受け取ると、ろくに手元も見ず、予め開けておいたリュックサックの一番奥に押し込んだ。これは僕の本であり、冷海さんの本ではないからだ。というか、『ドンドン自信が湧いてくる百の法則』だからだ。

結果から言えば、僕が数時間掛けてついに選定した最高に面白い一押し本は、何の役にも立たなかった。初めて冷海さんに会った日から数日後、すなわち次の活動日。帰り際に宣言通り声を掛けてきた冷海さんに、僕は厳正な審査をくぐり抜けたお勧め中のお勧めと言える小説を差し出した。本当は一年以上前に読んだ小説を、さも二、三日前に読み終えたかのように紹介する演技は真に迫っていたはずなのだけれど、冷海さんの返答は、僕の想像を一段飛ばしで飛び越えていくものだった。

「判型が少し違います」

とても手がつけられない。他人が読んでいた本の表紙の縦横比を、どうしたら正確に記憶していることができるのだろうか。僕はその瞬間、この件を自分に都合良くごまかすのが不可能だと悟った。ごまかせないとなれば、もはや真相を打ち明けるほかない。法則八十二のページにしおりを挟んだままの凡庸なハウツー本を冷海さんの手にそっと載せる行為は、顔から出た火が広がって放任火災に発展するのではないかと錯覚するほどに屈辱的なものだった。

「こういう本はあまり見たことがなかったので、新鮮でした」

「うん、読者層は限られるだろうね」

婉曲な表現だ。どんな人間に限られるのか、重要な部分を濁している。

「つまり先輩は、この本を読んで自分に自信を持つ方法を模索していたということですか？」

狙い澄ましたように僕の弱点を射貫く矢のような質問。無表情な冷海さんは今日もぶれない。

「……まさか。本当に悩んでいる人は大抵、こういうもっともらしい本を読んでも解決策なんて見つけられないよ。年に何百何千とハウツー本が出てるにもかかわらず、未だに色んな問題を抱えてる人がいるのがその証拠だ。僕も別に、本気でこの本から学ぼうと思って殊勝に読んでるわけじゃない。そんなに真面目じゃないよ」

「でも、自分に自信が持てないのは確かなんですよね」

無意味な笑いを浮かべかけた僕の顔が引きつった。絶対に逃がさない、という感じだ。圧迫面接とはこういうものを言うのかもしれない。

「いや、まあ……」

良い言い訳が浮かんでこなかったので、ほとんど肯定しているような相槌が口から出た。僕は正直、何の小細工もなくここまで踏み込まれたという事実に驚いていて、思考に割くリソースをかなり奪われてしまっていた。

「実際、自分の何かしらに自信を持ってる人はすごいと思うよ。他人より得意なことがあって、それを堂々とやってのけるんだから。特長が全くない人よりは魅力的だ」

「一人でも何かできる、ということですか」

冷海さんは、僕が数日前に言った内容に絡めるように言った。

「自分に自信がない人よりは、そうなんじゃないかな。どんな人でも一人じゃ絶対にできないこともあるとは思うけど」

「例えば、どういうことですか？」

僕の顔を冷海さんの両目が覗き込んだ。

「えーと、宴会芸……とか。面白いネタがあったとしても、誰も見てなかったらやる価値がない。一人でやっても悲しくなるだけだよ」

「価値がないですか」

僕の挙げた具体例を咀嚼するように、冷海さんは視線を数メートル先のアスファルトに落とした。やがてまた顔が持ち上げられ、小さい口が動く。その瞳の中に、以前も見た不思議な光が瞬くのを僕は確かに見た。

「正確な例ではない……と、思います」

「そうかな?」

「はい。特技や才能の有無は、その行動をするのが現実に可能か不可能かの問題ですよね。でも、一人で宴会芸ができないのは可能か不可能かの問題ではありません。特技が宴会芸なら、観客がいなくてもそのネタを完璧に演じること自体はできます」

言われてみればその通りだ。やる価値はなくても、やろうと思えばやれる。

「その例はどちらかと言えば、一人ではできないという言葉のもう一つの意味ではないでしょうか」

「どういう意味?」

自然と聞き返していた。

「本当はできても、他人がいなければする価値がない。つまり、これは価値の問題です。可能の問題は手段や能力が足りているかの問題で、価値の問題は目的や必要性が足りているかの問題なのではないかと思います」

「……確かに、全く別物の話だね」

手段あるいは能力と、目的あるいは必要性。その二つが揃って初めて、人間は何かを成し遂げられるのだろう。真っ当な意見だった。

「となると、一人じゃ何もできないと悩んでいるような人は、両方の問題を解消しないといけないのかな」

「それぞれの問題への対処法は、かなり違ってきてしまうと思いますけど」

「冷海さんは、どう対処するべきだと思うの？」

「可能の問題は、手段となる道具を手に入れたり、能力を身につけたりすることで解決できます。生まれ持った才能次第で、どうしても実現できない行為はあるかもしれませんが。価値の問題をどうにかするには――」

冷海さんは言葉を切った。

「――目的や必要性となるような他人を、見つけるしかないと思います。宴会芸の話なら、笑って見てくれる友達を探すとか。この解決法だと解決した後に自分が一人ではなくなってしまうので、厳密には一人で何かができるようになったということになりませんけど……少なくとも、一人で何もできないと感じて悲しむこと自体はなくなるのではないでしょうか」

「……」

僕はゆっくりと頷きながら、何かを考えていた。けれど、あまり長い間黙っているのも悪い。すぐに、気楽な声色を意識しながら口を開いた。

「冷海さんって頭良いんだね。難しい話もすらすらできて」

「一見小難しい理屈をこねられるということが、長所かどうかは微妙だと思いますけど。……これで失礼します。私は左なので」

冷海さんが立ち止まり、並木道の終わりにある交差点で信号待ちをしようとした僕に浅く頭を下げた。僕も軽く手を振って応える。

「じゃあね、冷海さん」

「さようなら、街端先輩」

立ち去る冷海さんの背中を眺めながら、僕は深く息を吐いた。今日もまた、これまで経験したことのないことが起こった日だった。僕は思い返してみる。誰かとこんなに長く会話したのは、この前の冷海さんとの会話を含めなければいつぶりだろう。今日を除いて、最後に誰かと一緒に下校したのはいつだっただろう。

さらに、その内容もなかなか普通からかけ離れたものだったのではないだろうか。後になって分析してみれば、ほとんど初対面の相手にしては無神経なことも言われたような気がする。僕がああいう本を読んでいても、僕が自分に自信を持てなくても、だから何だと言うんだ。少なくとも冷海さんに言われる筋合いはない。今さらながら、おぼろげな苛立ちと羞恥心が湧いてきた。嫌というほど付き合ってきた感情達だ。

しかし、それらの感情は今回に限り、肥大するどころか数秒の間に弱まり立ち消えた。一般常識に照らしてみても、やっぱり冷海さんの発言は失礼の部類に当たる。そうだ。その考えには概ね賛成だった。にもかかわらず、悪感情がそれ以上強まることはなかった。

きびきびと歩いていた冷海さんが不意に振り向き、僕の意識が水面上に引き上げられた。とっさに横目で信号を確認する。赤。良かった、青だったら相当に変な奴だと思われていたところだ。

冷海さんは身体を僕の方へ回し、両手でカバンの取っ手をつかんだまま小走りで戻ってきた。乱れた前髪をきっちりと額に押し付けながら、何事かと身構える僕に言う。

「先ほど見せてもらった先輩のお勧めの小説、貸してもらえないでしょうか。読んだことがない本だったので」

◆◇◆◇◆

その日の夕方、僕は桜並木の下を歩いていた。並木道は通学路の途中にあって、この時間帯は帰宅する学生や子ども連れの主婦などでそこそこ賑わっている。深緑をたたえた木々は熱っぽい西日に照らされ、通りは蟬の大合唱に包まれていた。

「もうすぐ夏休みですね」

隣に並んだ半袖ブラウス姿の冷海さんが、キレの悪い声で言う。流石の冷海さんも、暑さに対しては全く平静とはいかないようだ。

「うん。冷房の効いた部屋で毎日読書できるのが楽しみだよ」

「不健康な生活です」

「唯一、図書館へ本を借りに行くことだけが今から憂鬱で」

「それくらい文句を言わずにやってください」

汗で蒸れてじっとりとした僕の横顔に、冷海さんのじっとりとした視線が注がれる。

「何かもっと、夏休みにしかできないような予定はないんですか」

「特には」

ないものはない。これまでの夏もそうだったのだ。この夏もそうだということはほとんど決定事項だった。

「逆に訊くけど、冷海さんには夏休みならではの予定があるの？」

「そうですね。部の友達と出かける約束をいくつか。集まって宿題をするという話も出ています」

活動中、冷海さんと机をくっつけて座っている二人の女子生徒のことだろう。何となく予想がついた。

「やっぱり友達は良いものだね」

「先輩が言ってもまるで説得力がありません」

僕の適当な軽口を一蹴すると、冷海さんは唐突に続けた。

「これまで、先輩に友達のような人がいたことはあったんですか？」

「思い出したように凶刃めいた台詞を投げるね」

二人で帰宅する回数を重ねる度に、冷海さんの恐れを知らない質問は過激さを増していた。しかし、こんな会話を繰り返すうちに僕の方も慣れてしまったのか、相変わらず嫌悪感の類は生まれなかった。むしろ最近の方が、口ごもることもなくより平常心で返答できるようになってきているかもしれない。

「……意識してみると、あんまり覚えがないかな。流石に幼稚園の頃くらいは、遊び相手の子なんかがいたと思うよ。そこまで昔のこととなるとよく思い出せないけど」

「つまり」

冷海さんが若干大げさに肩をすくめて見せた。

「いなかったということですね」

「うん」

僕は頷く。なぜか抵抗感は薄かった。これ、なかなか簡単にはできない肯定なんじゃないだろうか。そんな疑問が一瞬だけ脳裏をかすめたが、すぐに消え失せた。

「どうしてなんでしょうか？」

「どうして？」

「理由です。先輩がこれまで全くと言って良いほど友人に恵まれなかったのは、一体なぜなんでしょうか」

一見ふざけているような話題だけれど、今の冷海さんは至って真面目だ。笑いを求める会話をするときとは声の調子が違っていることに、僕は最近ようやく気づけるようになってきた。

「理由なんてないよ、きっと」

「ない……ですか？」

「だって、友達ができることにも理由なんてないじゃないか。例えば、冷海さんはクラスの友達とどうやって友達になったの？」

「出席番号順で座ったときに偶然席が近かったので、自然と話すようになったのが始まりだと思います。その後、通学や昼食も一緒にするようになりました」

「ほら。冷海さんは別に、並々ならぬ努力や特殊な行動の末に友達を作ったわけじゃない。その友達はほとんど偶然の産物なんだ。僕は偶然、友達ができない方の人間だっただけだよ」

「運の話だということですか……」

冷海さんはやや歯切れ悪く呟いた。

「私は、先輩の態度に問題があるんじゃないかと思ったのですが」

「僕のせいってこと?」

「学校生活には、他の生徒と関わらなければいけない時間が必ずあります。大抵の友人関係は、そういう与えられた機会から始まるものだと思うんです。そのときの先輩がもしかしたら、偶然の産物が生まれる確率が目減りしてしまうような振る舞いをしているのかもしれません」

「可能性はあるね」

偶然に起こる出来事も、起こる確率を操作できないとは限らない。そのことは否定できなかった。冷海さんの説は当たっていないこともないのかもしれない。

「そもそも、先輩は友達が欲しいと思っているんですか?」

「……」

どうだろう。僕は自分が悩んでいることに気づいた。率直にどう思うのかという問い、ましてや、イエスかノーかで答えられるような問いに対して考え込む必要はないのだけれど、頭脳は慎重に回答を組み立てるよう要求していた。まあ、慌てるな。質問を繰り返しじっくりと反芻しようじゃないか。どう思っている？　はい、もう一度。どう思っていたい？　はい、もう一度。どう思っているべきだ？　僕は蜃気楼のように揺らめく遥か遠くの交差点を見つめながら、しばらく歩いた。

「積極的に手に入れたいとは思わないかな。友達なんて、いてもいなくても結局は同じだよ。少なくとも、そういう相手が身近にいないことに関して今の僕は引け目を感じていないし、わざわざ現状を変えてまで手に入れるっていうのも仰々しい。僕はこのままで良いんだよ」

「そうですか」

冷海さんは柔らかく目を閉じた。

「私はそれも理由の一つだと思います。スタートラインに立たなければ出発することもできない、という風に。高尚な説法じゃありませんけど」

僕が何か気の利いた返しをするよりも早く、冷海さんは僕の隣から消えていた。目の前で信号機が赤色に変わる。

「偉そうなことを言ってすみませんでした。また、次の活動日に」

◆◇◆◇◆

その日の夕方、僕は桜並木の下を歩いていた。並木道は通学路の途中にあって、この時間帯は帰宅する学生や子ども連れの主婦などでそこそこ賑わっている。立ち並ぶ木々の葉は赤、黄、橙と鮮やかに彩られ、澄んだ涼やかな空気とともに秋の訪れを予感させていた。

「……疲れましたよ」

背後から追いついてきた冷海さんが、息を切らしながらほんの少し唇を尖らせた。

「わざわざ走って来てくれたの？」

「先輩が、何も言わずに私を置いて帰ってしまったからです」

「いや、冷海さんが忙しそうだったからさ」

十分ほど前、普段通りに部活を終えて僕と歩いていた冷海さんは、下駄箱の前で二人の女子生徒に呼び止められた。多分、あの子達が冷海さんの言っていた友達だろう。邪魔をしては良くないと思った僕は、足早にその場を立ち去り帰宅の途についたのだった。

「私にどれくらい掛かりそうか聞いたり、その場で待っていたりすれば良かったじゃないですか。一言も残さず、逃げるように帰る必要はなかったと思いますが」

「逃げるように、なんて意識はなかったけど。まあ、僕なりの配慮だからあまり気にしないでよ」

「配慮にしては丁寧さも愛想も足りません。そういう態度だと、今日に限らず色々なところで困りますよ」

「先生みたいに指摘するね」

僕は苦笑した。胸の辺りがちくりと刺激されたが、次の瞬間には忘れた。

「だけど愛想と言えば、冷海さんにだって足りてないんじゃない？」

「どういう意味ですか？」

冷海さんがこちらを見て、不満そうに目を細めた。

「だって冷海さん、どんなときでも絶対に笑わないからさ」

「そのことでしたか。……先輩は、私が無感動な人間に見えますか？」

「まさか。冷海さんはいつも色んなことを思っているに違いないよ。少なくとも心の中ではね」

僕を睨んでいた瞳がふっと伏せられる。

「表情が硬いのは昔からなんです。感情をはっきりと表に出すのが苦手で、無理に笑顔を作るのはもっと辛くて。理屈ではどうにもできないこの悪い癖だけは、結局直りませんでした。……何を考えているのか分からなくて気味が悪いと貶されたことも、ないわけではありません」

はっとする。僕は自分を激しく嫌悪した。言って良いことと悪いことがあるぞ。不用意に何て残酷で汚れた言葉を吐いているんだ。

「ご、ごめん」

「いえ。私自身はそれほど気にしていません。少なくとも、高校に入ってからは」

冷海さんが顔を上げると、冷気をまとったつむじ風が、ごく薄く赤らんだ頬を撫でていった。その瞳にさっきまで宿っていた影は、既に消えていた。

「笑えなくてもできることはあります。いまいち格好がつかなくても、相手に手間を掛けさせても、何とか努力して心の中を表現しようとすれば、応えてもらえることはあります。数は少ないかもしれませんけど、クラスの友達や……それに先輩も。今の私には、私の気持ちを感じ取ってくれる人がいますから」

僕の足は意識を離れ、ただ一定の速度で前へと進み続けていた。冷海さんは自分の足りない部分に真正面から向き合って、それを補うために正々堂々と頑張ってきたのだろう。確かに今でも、冷海さんの表情は起伏に乏しいままだ。けれど、冷海さんは間違いなく自分の課題を直視した。そして課題自体は変わらずに抱えながらも、勇気に対する正当な報酬を勝ち取った。その姿は、全てをかっこよく綺麗さっぱり解決する人間のそれよりも、ずっと気丈に見えた。

ずきり。

再び、胸が針でそっと突かれるように痛んだ。

――僕はどうなんだ？

自分では作り出す予定のなかった思考が、無理矢理心の中に入ってくるようだった。誰だか知らないけれど、僕に変なことを考えさせるのはやめてくれ。僕はそういう疑問を持たないんだ。

——僕は何もしないのか？

考えたくない。僕はそんなに積極的じゃない。前向きでもない。努力なんてしない。諦めはついている。

——そうやって、いつまでも。

「……もう交差点だ。またね、冷海さん」

「はい。では、また」

赤信号の前に立つ。僕は今日までに、この色を何回見つめたのだろうか。

◆◇◆◇◆

その日の夕方、僕は桜並木の下を歩いていた。並木道は通学路の途中にあって、この時間帯は帰宅する学生や子ども連れの主婦などでそこそこ賑わっている。枯れ葉すらも吹き飛ばされ丸裸になった木々は、歩道に積もった泥混じりの雪をじっと見下ろしていた。

「もうすぐ冬休みですね」

隣に並んだ冷海さんが、マフラーを首に巻きつけ直しながら口を開いた。焦げ茶色の分厚いコートを着込んだシルエットはもこもこと膨れていて、普段の線の細い身体と頭の中で対比すると、つい笑ってしまうほどだった。

「うん。暖房の効いた部屋で毎日読書できるのが楽しみだよ」

「不健康な生活です」

「唯一、図書館へ本を借りに行くことだけが今から憂鬱で」

「前にもこんな話をしましたよね」

北風に吹かれて冷たく乾いた僕の横顔に、冷海さんの冷たく乾いた視線が注がれる。

「クリスマスに年末年始、イベントは盛りだくさんですよ。することはないんですか」

「全然」

冷海さんがついた溜め息が、白い雲となって車道の方へ流れていく。

「寂しいですね」

「うん」

「悲しいですね」

「うん」

「とても日の当たる場所を歩けるような生き方じゃありませんね」

「僕は別に、罵倒されて喜ぶような性癖の持ち主じゃないよ」

一応釘を刺しておいた。僕にも自分の名誉を守る権利くらいはある。

「いいんだよ。僕は僕、冷海さんは冷海さん。もちろん、仲の良い友達がいる冷海さんのことは尊敬してるけど。人間性って言うのかな。そういう大事なものを冷海さんは持ってると思う」

「……いえ」

冷海さんは囁くように言った。

「私は他の人達と同じ、単にちょっとずるいだけの人間ですから。他人の顔色を窺って、どうしたら近づけるか考えて、仲良くなれるように立ち回って、何とか最低限それをこなせただけに過ぎません」

「まさか。そんな……」

「そうなんです」

道の端で、いびつな形の雪だるまが溶けかけていた。砂で薄汚れた体に刺さる二本の尖った木の枝は、今にも抜け落ちてしまいそうだ。

「質問があります」

「何かな」

「先輩は、私がどんなに失礼で無神経なことを言っても怒りませんよね。それは、私が本気で言っていないと考えているからですか」

僕は冷海さんの顔を見ようとした。しかし、冷海さんは道を行く車列へ目を向けたまま、頑なに僕の方を見ようとしない。

「私は、先輩の心に土足で上がり込むような指摘を何回もしました。先輩の人格を否定するような批判をしたことすらあるかもしれません。それでも先輩が私を叱りつけないのは、私の言っていることが全て冗談だと確信しているからですか」

——小難しい受け狙いのジョークだと思いたかったんだろう？

またも出所不明の思考が紛れ込む。胸の奥が痛い。

「私はずるい人間です。だから先輩のその態度を目ざとく見つけて、つけ入って、色々なことを好き放題言ってきました」

——真剣な会話にしたくなかったんだろう？　図星を突かれたことになんて、気づかれたくなかったんだろう？

「どう思いますか。もし、私の言ったことが本音だったとしたら」

——本物の言葉だと分かっていたんだろう？　分かっていたのに、華麗にかわしてみせようとしたんだろう？　クールでスマートで、ニヒリストでリアリストな僕に酔っていたんだろう？　無様な弱気を見せないままで、格好をつけていたかったんだろう？　傷ついていない振りをして、気にも掛けていない振りをして、余裕の笑みを取り繕ったんだろう？　流して茶化して冗談めかして、僕の醜いところを隠し通してきたんだろう？　足りない部分を受け入れているかのような虚勢を張って、足りない部分を求める勇気がないことを正当化しようとしたんだろう？

「……それでも、先輩の気持ちは動かないんですか」

胸の激痛が極限に達した瞬間、僕は両手で目を覆った。長い長い時間が経つ。まぶたの裏側に散った火花が収まると、僕の身体はようやく正常な機能を取り戻していた。慎重に目を開け、自分の立っている場所を確認する。さっきと変わらない雪の残る道。そして僕はついに、数歩先を歩く制服姿の男女を見た。

街端路人と、冷海さんだ。

「――――」

街端という男が軽薄な笑みを浮かべながら何か言った。くだらないことだった。聞く価値もなかった。その台詞には本心の欠片もこもっていない。偽りとごまかしで満たされた、その場限りの言い訳でしかない。

冷海さんの表情は優れない。当たり前だ。あんなものを目の当たりにすれば嫌にもなる。冷海さんがどれほど声を上げても、あのマネキン人形は耳を貸さない。あの無能で、弱虫で、卑劣で、愚鈍で、それでいて自分を飾ることばかりに熱心な人間の出来損ないは、決して……。

街端が赤信号の前で立ち止まり、冷海さんと別れた。折良く、目の前に一台の大型トラックが差しかかる。今すぐ人が車道に飛び出せば、間違いなく轢かれて原形を留めない肉塊と化すだろう。僕は街端の後ろに立ち、その背中を思い切り殴りつけた。

空振り。僕の腕は街端の背中を突き抜け、成果を挙げることなく停止する。青に変わった信号機を見て街端が歩き出すのを、僕は苦々しく見守ることしかできなかった。

過去は変えられないのだ。

◆◇◆◇◆

まぶたが上がる。天井から垂れた電灯の光が眩しい。

「先輩、気分はどうですか？　痛いところはありませんか？」

ベッドの隅に腰掛けた冷海さんが、僕の顔をじっと覗き込んでいた。

「……大丈夫。何ともないよ」

凝り固まった首と肩をほぐしながら、上体を起こした。どうやら床に寝転がっていたようだ。

「すみません。ベッドに寝かせることができなかったので、頭だけは枕に載せておきました」

「いや、十分だよ。わざわざありがとう」

冷海さんの親切のおかげか、寝起きだというのに頭は随分とすっきりしていた。

「やっと起きたか、街端」

「わたし達、本当にびっくりしたんだからね」

壁にもたれかかる橋立君と、冷海さんの隣に座る三木さん。二人とも、ちゃんとそこに存在している。

「瑞ちゃんが呼ぶから来てみたら、街端君がいきなり倒れたって……。何があったの？」

「正直、僕もよく思い出せないんだ。気がついたら床で眠ってたから。疲れが溜まってたのかもしれない」

三木さんはまだ腫れぼったい目で不安げにこちらを見つめていたが、僕の口調は軽かった。

「しばらく休んだからか、今はすごく体調が良いよ。だからもう心配しないで」

どうして倒れたかなんて些細な問題だ。理由が思い出せないのも、特に思い出す必要のない理由だからだろう。僕が検討し考察するべきなのは、これからを切り抜けていくために重要なことだけだ。当然、邪魔なものは全て後回しにしなければならない。僕はまだ頑張れる。負けるにはまだ早すぎる。疲れて立ち止まったような気もするけれど、それでもきっと戦える。ただそれだけが真実なのだ。

素早く腕時計を確認する。午前五時三十分。鉄格子の外に見える空は微かに、しかし確実に白み始めていた。

「もう一度、計画を練ろう。夢村からマスターキーを奪うための計画を」

僕は立ち上がり、袖についた埃をはたき落としながら言った。

「僕のせいで時間をだいぶ無駄にしちゃったけど、とにかく早く次の行動を起こすべきだと思うんだ。時間が経てば経つほど、教団の人間が僕達を探し当てる可能性は高くなる。……ぐずぐずしていて主導権を握られたら、丸平君にも合わせる顔がない」

丸平君の名前を聞いて、三木さんの表情がまたわずかに曇った。橋立君も一瞬だけ目を閉じたが、すぐにポケットからシフト表を取り出し冷静に目を走らせ始める。

「おれも賛成だけど、もうこの先、前と同じように夢村の周囲が手薄になる時間帯はないみたいだ。その上、おれ達の襲撃を受けて職員の配置が変わった可能性すらある。夢村がどこにいるのかも、いつ鍵を奪うのが安全なのかも既に未知数だ」

「それじゃ待ち伏せ作戦も使えないし……どうしよう」

相手の行動が先読みできないとなると、こちらもどう出るべきかが全く分からない。かと言って、適当に動けば今度はあちらの思う壺だ。結局のところ僕達はただの高校生で、教団の職員達とまともにやり合えば勝ち目はないだろう。教団はそれを知っていて、僕達が尻尾を出すのを悠々と待ち構えているに違いない。

「方法はある」

シフト表を折り畳んだ橋立君が、おもむろに口を開いた。

「夢村が孤立しないのなら、おれ達の方から夢村を孤立させるしかない。短時間で良い。どこかで騒ぎを起こして、職員達を一か所に集めるんだ」

「邪魔がいなくなったところで、一気に鍵を狙うの？」

「でも、騒ぎを起こすのと鍵を奪うのを同時にやらないといけないんだよね。騒ぎを起こす方のグループって、まるで……」

「ああ。囮ってことになる」

橋立君は素直に頷いた。

「もちろん、鍵を手に入れた後に合流するのが前提だ。その手順も決めなきゃならない」

「簡単にはいかないね」

一時的にとは言え、誰かが囮になるというのは不安だった。丸平君を失い、仲間がいなくなることの恐ろしさを知ってしまった今ならなおさらだ。

「囮のグループを用意して、同時刻に鍵を奪取、職員達が感付く前にもう一度合流、か……」

改めて声に出してみると、作戦は一層困難に感じられた。あまりにも都合が良すぎるだろうか。

「囮の役、私にやらせてください」

「瑞ちゃん……⁉」

三木さんが素っ頓狂な声を上げた。僕も思わず、冷海さんの顔をまじまじと見つめる。

「本気で言ってるの？」

「はい」

澄みきった面持ちは、そこに迷いがないことを如実に物語っていた。

「私は非力ですから、マスターキーを奪う側に入っても足手まといになるだけです。囮になった方が役に立てると思います」

「確かに、な」

眉間にしわを寄せながら橋立君が呟いた。

「けど、冷海さんはもう顔を見られてるんだ。目立つようなところへ出て行くのは危険すぎるよ」

「面が割れているのは全員同じですから。私も多少の変装くらいはしようと思いますが」

「逆に目立つような気もするけど……」

「いや、騒ぎを起こす場所によっては効果的かもしれない。完全に誰だか分からないようにはできなくても、教団の職員が戸惑えばそれで良いんだ。もし他の生徒が見ている前だったとしたら、奴らは正体の判然としない冷海を無理矢理連れ去るわけにはいかない。冷海かどうかを確認するために、あるいは冷海を連れ去りやすい場所へ移動させるために段階を踏む。その隙を突いて先に騒ぎを起こしてしまえば、奴らは冷海に手を出す間もなく、事態の収拾に駆り出されることになる」

橋立君の意見はあくまで理性的で、少し冷たい雰囲気すら覚えるほどだ。けれど、この場合は橋立君の判断の方が尊重されるべきなのだろう。夢村から鍵を奪うだけでも、全員が十分すぎるほどの危険にさらされるのだ。冷海さんだけはなるべく安全なところにいてほしいという僕の感情は、単なる身勝手な意見に過ぎない。

「……分かった。冷海さんは囮役だ。でも、一つだけ頼みたいことがある。三木さんと橋立君も冷海さんについて行ってほしいんだ」

「ち、ちょっと待って。街端君が一人で鍵を奪うってこと?」

再び三木さんが驚きを露わにする。

「僕が相手にするのは夢村だけだ。それに、囮作戦が上手くいけば完全に不意を突くことができる。対して囮のグループは、騒動を起こした後に山荘内を駆け抜けて僕と合流しないといけない。どちらが大変か選ぶとしたら、僕は囮の方を選ぶよ」

黙って聞いていた橋立君が、すっと顔を上げ切れ長の目を僕に向けた。

「街端、できるか?」

「うん」

「即答だな」

橋立君は肩をすくめて笑った。冷海さんをとにかく危険から守りたいという僕の内心を、見抜いたのかもしれない。

「決まりだ。街端が夢村から鍵を奪う。その間、おれ達三人は職員を引きつけておく」

「それじゃ、何から何まで急いで準備しないと。職員全員を絶対に集められて、夢村だけは別の場所に誘導できるような騒ぎの起こし方を考えなきゃいけないんでしょ？」

三木さんが難しい表情で首をひねる。無理難題だと言わんばかりだ。

「その計画を練るのがおれの仕事だ」

音を立てずに柔らかく壁を蹴ると、橋立君は右脚を一歩前に踏み出した。

「……今度こそ、失敗させはしないさ」

◆◇◆◇◆

私は、はやる気持ちを抑えつつ事務室の前を歩いていました。無意識に前髪を撫でつけようとして手を止め、代わりに耳の後ろに垂れるおさげを軽く触ります。あり合わせの輪ゴムで留めた二本の短い髪の束と、前髪を上げたせいで普段より風通しの良い額。変装のためとは言え、違和感たっぷりの髪型は嫌でも緊張を高めてしまいます。

およそ半日ぶりに訪れた食堂の扉を前に、私はマスクの下で薄く口を開き息を吸い込みました。どうか、まだ生徒が誰も来ていませんように。引き戸を開けると、幸い中にいたのは厨房の女性職員だけでした。

「あら早いわね。でも、まだ配膳中なの。ごめんなさいね」

「……いえ、お構いなく。ここで時間まで待っていても良いですか？」

なるべく口を動かさず、呟くようにぼそぼそと話します。最後には咳の真似も忘れません。

「もちろん良いわよ。風邪かしら、お大事にね？」

「はい」

手近な席につき、少しだけ胸を撫で下ろしました。とりあえず、この人が突然私を捕まえようとして来ることはなさそうです。私はぎこちなく椅子に腰掛けたまま、テーブルに並べられた皿の上にせっせと料理を載せていく職員の動きを眺めていました。

五分ほど経った頃、機会はやって来ました。全ての椀に味噌汁をよそい終えた職員が、大きな食缶の載ったワゴンを押しながら厨房へと戻って行ったのです。きっと、次に配膳する料理を取りに行ったのでしょう。私はそっと立ち上がり、スカートのポケットに入れていた手を抜き出しました。手の中に入っているたくさんの物体のうちの一つをつまみ上げ、目の前に置かれた椀の中に落とします。ゆらゆらと美味しそうな湯気を立てる茶色い液面に、物体は瞬時に吸い込まれていきました。次は隣の席に置かれた椀、さらにその隣の椀……。私は時折厨房の様子を窺いながら、配膳済みの椀に片端から不純物を混ぜていきました。

がたり、と厨房から台車の音が聞こえました。私が席に戻ったのと、さっきの職員が再び現れたのはほとんど同時でした。私はテーブルの下で再びこぶしをポケットにしまい、壁の方向に目をやりました。下準備は完了です。

……先輩は、大丈夫でしょうか。

心配しても仕方のないことを心配していると、引き戸が開き何人かの生徒が言葉を交わしながら入ってきました。そろそろ朝食の時間です。三々五々やって来た部員達の声で、食堂内は加速度的に賑やかになっていきました。

半分ほどの生徒が集まった頃、臙脂色の作務衣を着た若い男の職員がさりげなく部屋に入ってきたのが見えました。その職員は何をするでもなく厨房の扉の横へ向かい、立ち止まって部屋のあちこちにゆっくりと目を光らせ始めました。私や街端先輩を探しに来たのかもしれません。あえて視線を逸らしていると、視界の端に気配を感じました。私の方を見つめています。私は絶対にそちらを見ないようにしながら、二、三回背中を丸めて咳き込みました。

「んぁ、おはよー」

「瑞ちゃん、おはよう。ちょっと裕奈、寝癖くらい直した方が……」

「良いじゃんこのくらいー。時間なかったし」

「おはようございます」

馬のたてがみのような特大の寝癖をつけた裕奈さんと、眼鏡を押し上げながら溜め息をつく文枝さん。二人が私の左右に分かれて座りました。

「ねえ瑞ちゃん、どうしたのその髪！　もしかしてイメチェン⁉」

「そうです。せっかくの合宿なので」

「可愛いっ！　やっぱりおでこ出した方が良いよ。昔からずっと思ってたんだよねー」

裕奈さんは目を閉じ、得意そうにうんうんと頷きます。一方、文枝さんの口調は不安そうでした。

「でも、そのマスク……風邪引いちゃったの？　大丈夫？」

「ひどくはありません。うつしてしまうと良くないので、一応です」

「あ、そうだ瑞ちゃん」

裕奈さんが突然、両手で囲った口を私の耳に近づけました。

「昨日のこと、ちゃんと秘密にしておくから。大事なことなんだよね？」

耳たぶに掛かる息がくすぐったくて、私は少しだけ肩を震わせます。

「……そうしてもらえると嬉しいです」

「りょうかーいっ」

満面に笑みを浮かべた裕奈さんが、たてがみを飛び跳ねさせながら身体を引きました。

「何の話してたの？」

「聞きたい？　聞きたいの？」

「え、まあ、聞きたいけど……」

文枝さんが困ったように答えました。それを見るや否や、裕奈さんが目を細めてにんまりと笑います。

「でもね、言えなーい。内緒話だから！　残念！」

「なら別に良いわよ」

呆れたように肩を落とした文枝さんが、裕奈さんに背を向けました。

「わ、ご、ごめんってば！　誠意の印にわたしの納豆あげるよ、納豆！」

「いらないから」

「まさか味海苔の方が良かった⁉　でも、いくら文枝ちゃんにでもこれは譲れないよ……ごめんね、文枝ちゃん。文枝ちゃんがいつか味海苔を超えたときに、また挑戦してほしいな……」

「私を何だと思ってるのよ！」

二人の会話に耳を傾けながらも、私は部屋を見回しました。いつの間にか、食事の置かれた席は先輩の分を除き全て部員達で埋まっています。そして厨房に近いテーブルでは、いただきますの挨拶をする幹事の生徒が、今まさに立ち上がろうとしているところでした。両手を身体の後ろに組んで立った職員は、相変わらず注意深い目つきで食堂中を見渡しています。

この瞬間しかありません。箸を味噌汁の椀に差し込み、底に沈んでいる硬い物を取り出しました。

「あっ！　瑞ちゃん、いけないんだ。まだ挨拶が……え、それ何？」

箸の間に挟まった黄色い物体を見て、裕奈さんが目を丸くしました。

「多分、食べ物ではありません……プラスチックだと思います。私だけでしょうか？　裕奈さんの方には入っていませんか？」

「どうだろ……？」

迷わず箸を取る裕奈さんに、私は心の中で謝りました。一回ならいざ知らず、二回も友達に利用されるなんて思ってもみないはずです。それでも私には、自分を隠して動くための方法がこれくらいしか考えつきませんでした。

「では、残り少ない合宿も楽しんでいきましょう。いただきま……」

「はっ、入ってた！」

食堂全体が水を打ったように静まり返りました。遅れて、いくつかのテーブルから笑い声が上がります。反応したのはほとんどが一年生、中でも普段から教室のムードメーカーとして活躍している裕奈さんを知る、同じクラスの人達です。挨拶の途中だった幹事が口をつぐみ、反射的にこちらを見た部屋中の生徒の目には、裕奈さんが親指と人差し指で挟んだ黄色い小片が映りました。

「お味噌汁の中から出てきたんだけど！　しかも私だけじゃないみたいっ！」

露ほども物怖じしない裕奈さんの声につられて、半信半疑といった様子の部員が何人か箸を持ちました。椀の底を漁った生徒達は、一様に驚きの声を上げました。

「あ、俺もだ……！」

「私も！」

「おい、皆調べてみた方が良いぞ！」

そこから先はもう、一足飛びで食堂内の興奮が高まるばかりでした。挨拶のことなど完全に忘れ去られ、次々と味噌汁の椀からプラスチック片が引き上げられ、その度に喧騒が広がっていきました。

「この破片、接着剤とかのチューブっぽくないか？」

「異物混入ってやつ？」

「マジでこんなことってあるんだな……」

「でも全員って、混入どころの規模じゃないじゃん」

私は見張り役らしき職員が事態を飲み込めずに戸惑っているのを確認し、裕奈さんに話しかけました。

「厨房にいる人に事情を聞いてみた方が良いんじゃないでしょうか」

「そうだね。これ持ってちょっと行ってくるよ」

「でしたら、私のお椀に入っていた分も一緒に届けてくれませんか。それと、他の人にも拾った物を前まで届けてもらうべきだと思います。現物は多ければ多いほど良いですから」

「まっかせてよ！」

私は重苦しい罪悪感を胸に抱えながら、使命感に燃えた表情で席を立つ裕奈さんを見送りました。ほどなくして裕奈さんのはつらつとした声が聞こえ、部員達は続々と厨房の方へと集まり始めました。扉を開けて出てきたエプロン姿の職員は困り顔で何やら弁解し、さらに多くの生徒がそこに詰めかけます。聞こえてくるのは、異常事態に高揚する熱っぽい声、食事を始められないことに対する不満の声、思い思いに原因を想像する楽しそうな声、そもそもこの騒動に無関係な雑談の声。この場所の秩序は、完全に崩壊していました。

職員も生徒も飲み込んだ人だかりから離れ、私は反対側の壁際へ移動しました。右ポケットから備品庫と書かれたライターを取り出し、薄緑色のテーブルクロスに宛てがって点火スイッチを押し込みます。

一呼吸もできないほどの短い時間の後。音もなく広がっていく赤い炎と細い煙の筋だけを残し、私は早足で人だかりの中へと潜り込んでいきました。

◆◇◆◇◆

「厨房の浜岡です！　しょ、所長さん！」

「夢村だ。どうした。どうぞ」

「火事、火事です！」

「何だと！　場所は厨房か？　どうぞ」

「食堂です！　テーブルが燃えて……さっき、若い職員さんが消火器を取りに出たんだけど、まだ……！」

「待て、今は朝食中だな？　被……生徒に怪我は？　どうぞ」

「あ、ちょっと！　指示に従って！　勝手に動かないで、落ち着い――」

「どうした、怪我人がいるのか？　どうぞ」

「す、すみません、パニック状態で！　生徒さん達が皆、出入り口に詰めかけていて……！」

「可能な限り人員を掌握し、逃げ遅れている生徒がいないか確認して避難しろ。他の職員が消火器を持って来たら協力して消火に当たれ。以上」

「夢村より全職員へ。夢村より全職員へ。食堂で火災。各自、付近にある消火器を持って食堂へ向かい、消火活動に参加しろ。避難中の生徒を発見した場合は、ロビーに集まるよう誘導すること。以上」

「巡回の小田より所長へ！　食堂の前にいます！　……はい。中には誰も残っていないそうです。テーブルが三個……四個燃えています。多分、カーテンにも……カーテンにも燃え移っています！」

「部屋の外……廊下に飛び火は？　どうぞ」

「ありません。火元は入って右奥なので、ここまでは……」

「分かった。私もすぐに、事務室の人間を連れて現場へ行く。まずは廊下に火を出さないよう努めろ。以上」

　火災報知機のけたたましい警報音が山荘中に鳴り響いていた。その攻撃的な音は中央廊下の方角から聞こえる叫び声と混じり合い、まるで戦場のような緊迫した空気を醸し出していた。

　トランシーバーをスラックスにしまい、西寄り廊下から顔を出して事務室の様子を盗み見る。

通信の内容通り、数秒と経たないうちに職員達が扉を乱暴に開けて現れた。最後尾にいるのは夢村だ。焦りを撒き散らしながら駆けて行く鼠色のスーツの背中を見送ってから、僕は近づいてくる生徒達の悲鳴から逃れるように事務室へ滑り込む。扉を閉めて緊張を緩めかけ……遅れて認識した予想外の事態に、僕の足は急停止した。

「なっ、お、おい」

僕の姿を見た金髪の若い男が、弾かれるように事務机から立ち上がった。まだ職員が残っていたのだ。僕はこの声を知っている。巡回職員の浜岡。僕達が隠れていた空き部屋の鍵を掛けに来た職員だ。

「お前が……」

浜岡はヤンキー然とした明るい色の髪を掻きむしりながら、作務衣のポケットに手を突っ込んでまさぐった。指を微かに震わせながら取り出したのは、僕がほんの少し前まで使っていたのと同じトランシーバーだ。さらに、浜岡は『お前』と言った。僕は即座に感じ取っていた。浜岡はもう、僕のことを無害な学生客の中の一人とは見ていない。

僕は微塵の迷いも抱くことなく、前方の男に向かって走り出していた。浜岡の表情に恐怖と驚愕が混ざり、トランシーバーを持つ手が曲線を描いて口元に引き寄せられる。しかし、その黒い機械は正しい目的で使用されるより早く、僕の打ち出したこぶしに吹き飛ばされた。とっさに正拳を構えてしまったせいだろう。中指の骨が硬いプラスチックとぶつかり合い、疼くような痛みを伴って振動するのを感じた。

くるくると回りながら落下して行ったトランシーバーの外枠が、床と接した瞬間に砕けた。飛び散った黒いプラスチックの破片が、浜岡の視線を釘づけにする。そのわずかな隙は、僕に次の動作を組み立てる時間をくれた。三木さんの軽快な声を脳裏に呼び出す。攻撃のときは、とにかく離れた部位を連続で狙え。個別の技に速度がなくても、フェイントで相手の防御を崩せば勝機はある。そして最後に、できるだけ強力な技をトリに持ってくること――。

僕はまずその場で小さくジャンプし、右足のつま先で浜岡の脛を狙った。さっきの中指のようにならないよう、靴底を緩衝材として使いながら斜め下方へと踏みつけるように蹴る。だが、これはひどく見え透いた挙動だった。僕の素人丸出しのキックを視界の端で捉え、浜岡は慌てて脚を引いた。

浜岡が両目を僕の下半身に向けたとき、僕は既に手刀を作り終えていた。そのまま、目頭を削り取るように浜岡の顔面を横薙ぎにする。憔悴しきった眼球がより間近に迫った危機に対して反応し、浜岡は頭を上半身ごとのけ反らせることで辛うじて直撃を防いだ。けれど、無理な回避は浜岡の身体の平衡を完全に崩していた。僕はもう一度大きめに右足を引き、蟹股気味に開かれた浜岡の両足の間へと最後の打撃を放つ。

「ぁ、がっ……」

蹴りを真下から股間に叩き込まれた浜岡は、奇妙にしゃがれた声を喉笛から漏らしながらくずおれた。早鐘を打つ心臓を制服の上から押さえながら、ぐったりと床に倒れ伏し動かない男を見つめる。

生身の人間を真正面から純粋な暴力で打ちのめし、その無様な姿を堂々と見下す。この上なく派手な初めての経験に、爽快感はまるでない。勝った。勝ったんだ。浅い呼吸を喘ぐように繰り返しながら、唇の動きだけで虚ろに呟く。捕まらなかった喜びと、倒れる寸前の浜岡の歪んだ表情が、頭の中をぐるぐると回っていた。

いや、でも、これは仕方のないことだ。前に鍵を奪おうとしたときだって、似たようなことを何度もしたじゃないか。より大きな目的のためには、細々とした情けなんて無用ばかりか有害でしかない。こんなことですら動揺しているなんて、一体全体どこまで弱い人間なんだ、お前は？頼むから余計なことは感じるな。尽くせ。目的のために、尽くせ……。

数秒後、呆けたように佇んでいた僕はようやく我に返った。心臓はいつも通りのリズムで鼓動している。さっきまで乱れていたとしたら、それは単なる激しい運動の結果に過ぎない。

問題ない、問題ない。下手をすれば何もかもがおしまいになるところだったにもかかわらず、奇跡的に切り抜けられたんだ。素直に喜ぶ以外にない。僕は言い聞かせながら、リュックサックの中から取り出したビニール紐で浜岡の手足を縛り始めた。一本では心もとないが、三つ編みの要領で束ねて使えば強度は十分だ。紐をきつく引っ張りながら、この先の予定を頭の中で再確認する。今度こそ、夢村からマスターキーを奪い取らなければならない。三木さんの体術、丸平君の工作、橋立君の頭脳。僕はこの山荘に来てからいつも皆に助けられてきた。皆のために、次は僕だけで成し遂げなければならないのだ。一人では何もできない僕だって、もう弱音を吐いてばかりではいられない。何もない僕にあるもの全てを振り絞って、精一杯もがいてみるしかないのだ。

決意を新たに事務室を見渡しながら、それでも一抹の感情が脳裏をよぎる。

……冷海さん達は、大丈夫だろうか。

心配しても仕方のないことを心配していることに気づき、僕はわざとらしく頭を振った。

◆◇◆◇◆

入り口の引き戸が前触れなく開き、僕はとっさに身をかがめた。事務机の陰から覗いたのは、せわしなく動かされる革靴と見覚えのある灰色のスラックスの裾。その足はある一点を目指して直線的に進み、やがてぴたりと立ち止まる。

「……そこにいるのは分かっている。出て来い」

僕はなるべく自然な風を装いながら立ち上がり、部屋の中央、二列に並んだ事務机により形作られた通路様の空間へと出て行った。

「君がやったのか?」

手に白い受話器を持ち、壁の方を向いたままの夢村が無愛想な声で言った。受話器から出て壁の中へと伸びていたコードは、既に切断され、だらりと垂れ下がっていた。

「ああ。火事は大丈夫?」

「心配はいらない。近く消し止められるだろう。だが、ここまでしてやられるとはな」

夢村はもはや用を成さない受話器を壁に戻すと、振り向きざまに胸ポケットからトランシーバーを抜き出した。

「夢村から全巡回職員へ。至急事務室に集合しろ。以上」

「夢村から全巡回職員へ。先ほどの指示は誤りだ。引き続き消火と生徒の誘導に当たれ。以上」

僕の口から、無気力な低い声が流れ出る。どんよりと曇った夢村の瞳が、僕の手の中にある機械を舐めるように見つめた。

「このトランシーバー、音質がかなり悪いんだよね。声の高さが似ていたら、それこそ誰からの連絡か聞き分けられないくらいには。全員が同じチャンネルで会話する仕組みとも合わさって、不便なことこの上ないよ」

「……ここに何をしに来た？」

トランシーバーを元通りにしまい込みながら、夢村が淡々と訊いた。僕はそっと一歩後ずさり、通路の外にいる夢村から離れる。

「少し話をしてみたくなったんだ。この山荘で立場が一番高い人間とね」

「ほう」

おざなりな相槌を返しながら、列の端にある机に近づきゆったりと手を置く。果たして、僕の出まかせを見抜いているのだろうか。

「それにしても、まさか気づかれているとは思わなかったよ」

「見くびるな。浜岡に、誰かが忍び込んできたら連絡しろと命令したのは私だ」

「確かに、その命令は守ってたみたいだね。でも、次からは格闘の能力も磨かせておいた方が良いよ。人を監禁して観察するなんて犯罪行為を働くなら、腕の立つ部下を揃えないと」

「私宛ての書類を盗んだのも君か。火災の報告のためにやって来る私を待ち伏せたのも計画通りというわけだ。となれば、もう実験のことも知ってしまったのだな？」

「まあね。何の罪もない学生達に、怪しげなガスを無理矢理吸わせる人体実験のことなら知ってるよ」

夢村は退屈そうな表情を浮かべたまま、落ち窪んだ目を開け閉めした。僕の言葉などどうでも良いと言わんばかりの態度だ。

「このガスの効果は、一体何なんだ？」

「世界に平穏をもたらすことだ」

「……何だって？」

脈絡のない大仰な台詞。僕は聞き返しながら、慎重に一歩後ずさった。

「この薬は世界に平和と安穏をもたらす。これは真理だ」

「鉄格子、コンクリート壁、そしてお前自身の正体。そういうものを認識するための能力を奪っていると、僕は思ったんだけどね」

「それは事実だが表面的な見方だ」

夢村の靴が床を離れ、僕との距離を保つように進んでから再び静止する。

「……つまり、人間の脳を狂わせて認識を操作する毒物だと考えて良いんだね」

「それは冷淡で現実的な見方だ」

肯定されているのだろうか。否定されているのだろうか。適当にはぐらかしているようにも、真面目に感想を述べているようにも感じられた。

「君も分かっている通り、君の学友達の大多数は幸福に合宿生活を送っている。今の君が抱いているような緊張、不安、敵意、恐怖。そんな負の感情は一つも持っていない」

「持たないようにされてしまったから、だけどね」

「そんなことは些細な問題……いや、問題ですらない。彼ら自身が心から幸せを感じてさえいれば、問題など生まれないのだからな」

「でも、現実は違う。全ては幻想じゃないか」

「そう、幻想だ。全ては幻想だ。だから何だと言いたい？」

夢村の緩みきった表情筋は、相も変わらず一切の感情を示すことを拒絶していた。その中央で、薄く色の悪い唇だけが、驚くほど機敏に言葉を紡いでいく。

「現実を直視することはいとも容易く悲劇を生む。現幻教団に巡り合った人間は皆、等しくその理不尽な悲劇に見舞われた者達だ。かつての私もそうだった。そして、私達は敬虔で忠実な信徒になることを決意したのだ」

「信徒になって教祖でも崇めるの？　うさんくさい解決法だね」

「現幻教団には、他の有象無象の宗教のように教祖はいない。私達が信奉するのはただ一つ、真理だけだ。その真理を見出した者が集まり、平等に協力して世界を変えていくための家族なのだ」

「壮大な表現だけど、結局やっていることはただの犯罪じゃないか。色々な問題から勝手に逃げて、他人に迷惑を掛けているだけに見える。地道に世の中と向き合う気はないの？」

「現実と正面から戦うのが偉大なことだと心から思うのなら、それは君が若いからだ。人生には、その主人公たる自己の力でも、どうすることもできない課題が山積している。現実は、現実に挑む者を称えてくれなどしない。ただ残虐に行く手を阻み、人の心に生傷を残していくだけだ。困難な状況を少しずつ改善し解決していく。その試みを温かく見守ってくれるほど、私や君が生きる現実は優しくない」

抑揚のない機械のような声が、滔々と部屋の中に排出されては消える。

「行き場を見失い苦しむ人々のことを、教団は他の誰よりも真剣に憂えている。だからこそ、教団はついに真理を見抜いたのだ。この乾いて荒みきった社会から、一切の悲劇を取り除く方法を。……君はエピクロスを知っているか？」

「名前を聞いたことくらいはあるけど」

「古代ギリシャの哲学者エピクロスは『隠れて生きよ』と唱え、自ら開いた学園にこもり弟子達と共同生活を送った。社会との交流を限定し親しい者達のみと暮らすことで、より大きな精神的快楽を得ようとしたのだ。だが、その方法は不完全だった。学園の外にいる人々は救われなかったからだ。現実を避けるだけでは足りない。私達の思想はその程度のものではない。真の幸福を目指すならば、現実そのものを全ての人々の認識から消し去らなければならないのだ」

「消し去る？」

「練習問題だ。例えば、ひどく人付き合いの苦手な人間がいたとしよう。その人間は他人が怖い。人付き合いが苦手な自分のことも嫌悪している。周囲の人々も、その人間が社交的でないことを知っているので近づいてこない。さて、彼はどうすれば救われる？」

「それは――」

「もちろん、答えは一つだ」

夢村は最初から回答など求めていないように、当然のごとく僕の声を遮る。

「彼の、自分が人付き合いを不得手としているという意識を消す。他人への恐怖という感情を消す。自己嫌悪という感情を消す。周囲の人々の、彼が社交的でないという認識を消す。以上だ」

「……滅茶苦茶なやり方だ。都合が良いにもほどがある」

恐ろしい想像がちらついた。夢村は、現幻教団は、そこまでのことを考えているのだろうか。

「君達で試している薬が完成し、人の認知を適切に調整することができるようになれば、この例は夢物語でも絵空事でもなくなる。教団はその恩恵をより多くの人々に与えていくだろう。この社会に蔓延する不幸な現実を、見逃すことなく徹底的に消し去っていくだろう。不和も悪意も、葛藤も矛盾も……この薬はどんなものでも消すことができる。そこに見えないものは、決してそこに存在しないのだから。虐げられて捨て置かれる者は消え、誰もが誰をも愛するだろう。不安や困難に押し潰される者は消え、誰もが希望に満ちた笑顔を振り撒くだろう。やがて人間はそれぞれに、身近な者達、そして全世界の人々との幸福で平和な日々だけを感じながら生きていくようになる。教団はその輝かしい未来を叶えるために現れた、地上で唯一の使者なのだ」

「いかにもカルトらしい、強迫的な危険思想だね。理に適ってもいなければ、上手くいくはずもない。狂ってるよ」

僕は吐き捨てた。目の前の男が人知れず隠し持っていた計り知れない猟奇性は、総毛立つほどの不気味さを内包していた。

「悲しむべきことに、世間の人々はすぐにそういう言葉を使い始める。反社会的だ、異常だと。だが現に、そう言って耳を塞いでいる人間の多くは苦しんでいる。他人に悟られないように心の内を秘し、傷ついていないふりをして生きているのだ。叶わないものとしてひた隠しにされた欲求の、いつ崩れるか分からない不安定なバランス。これ以上に危険なものはない。不満を必死になだめながら生きていくことよりも、不満を感じないことの方が遥かに幸福だ」

「……」

――傷ついていない、ふり。

何も答えないまま、僕は注意深く足を上げてもう一度だけ後退した。金属の塊が腰の辺りに軽くぶつかる。背中が夢村の机の縁に触れていた。

「ここまで丁寧に意見を交換しても、まだ君の心は揺らがないか？　私の言っていることの中には、何一つ傾聴に値するものなどないか？」

「……ないよ、さっぱり。これっぽっちも」

「全く、君には敬服するよ。どうして君はそんなにも必死になれる？　この世の真理に目をつぶり、見苦しく足掻いてまで君が大切にするものとは何だ？」

言いながら、夢村はついに列と列の間へ足を踏み入れる。僕と夢村の間に広がる空間は着実に狭まっていた。

「仲間と約束したからね。この訳の分からない山荘から一緒に逃げようって。今このとき僕のために戦ってくれている仲間の分も、お前達に捕まった仲間の分も、僕は戦わなくちゃいけない。お前が何を言おうが関係のないことだ」

僕は目の前の敵を鋭く睨みつけた。お前みたいな狂った奴のくだらない戯れ言が、僕の崇高な意志と正義を曲げられるものか。今の僕には戦う手段も目的もある。馬鹿にするな。

対して夢村は、これまで見せたことのなかった感情を示していた。僕からちょうど三歩の距離に立つと、滞ることなく流水のように発せられてきた言葉を切り、微かに揺らぐ灰色の目をこちらに向けたのだ。

「私達が捕らえた、だと？」

呟くその声は意外そうな響きを伴っている。

「とぼけるな。お前の仲間に踏みつけられて連れ去られた、丸刈りの男子生徒だ。書類にあった通り、確保して隔離したんだろう?」

隔離。僕はそれが文字通り、ただ離れた場所に移動させるという意味しか持たないことを祈っていた。

「……なるほど、なるほど。そういうことだったのか」

深く息を吐いた夢村は、唐突に口角を持ち上げた。笑ったのだ。どんなときも面白くなさそうな顔で山荘中を闊歩していた夢村が、初めて笑ったのだ。

「何てことはない。君は本物だ。君はもう、行き着いてしまったんじゃないか。救われなければならないのは、まさに君自身だ。その君が教団のことを狂っていると言う。とんでもないお笑いだ」

「どういう意味……」

予備動作はなかった。鼠色のスーツの袖から筒状の物体が滑り出て、夢村の右手に握り込まれる。それが小さなスプレー缶だと気づくより早く、不気味な風が噴射音とともに顔面を撫でた。

部屋に漂う甘い香りが何百倍にも強まり、濃縮された甘露が脳髄に染み渡る。記憶はなくとも身体が覚えている、忘れようのない浮遊感。膝の関節から一切の抵抗力が抜けていく。さっきまで難なく背負っていたリュックサックが、とてつもなく重い。糸の切れた操り人形のように崩れ落ちた僕を、夢村が冷たく見下ろしていた。

「街端君、もう無理はするな。受け入れてしまった方が楽になれる」

あまい、あまい、かおり。こえ。ふわふわの、その、むこうから。

「そんなに不安が欲しいか？　そんなに恐怖が欲しいか？」

いやだ。いらない。そんなもの、ほしくない。

「それなら認めるしかない。疑うのは愚かな行為だ。君以外は全員、もう先に救われている。君もそろそろ休むときだ」

うん。

「さあ、目を閉じるんだ。目覚めたときには何もかもが元通り、君の望む幸福な世界が君を待っている」

ぼくは――。

ざくり。

左手の甲の皮膚が貫かれる。リュックサックのポケットの中からカッターナイフを探り当てた右手が、その鋭利な刃を自らの片割れに突き立てたのだ。甘く心地良い香りに代わって、濃厚な鉄の匂いが鼻をつく。傷口からどくどくと溢れ出す熱と、遅れて追いついてくる焼けつくような激痛。凶暴な感覚が夢見心地を否応なく断ち切り、視界が明瞭さを取り戻した。

カッターナイフが乾いた音を鳴らして床に転がるのと同時に、僕は夢村の机によじ登っていた。未だ動けない夢村の方を向いたまま、机の端にテープで貼りつけられた二本のビニール紐を勢い良く引く。テープから解き放たれてぴんと張った紐に呼応し、夢村の背後から二台のキャスター付き椅子が猛然と走ってきた。今の今まで大人しく事務机に収まっていた椅子の襲撃を受け、夢村はとっさに逃げようとした。椅子から離れる方向へと、素直に真っすぐ逃げようとしてしまった。

ほとんど反射的に前に出た鼠色のスラックスの裾が、机の間に張られた透明な線に引っかかった。つんのめった身体は大きく前方に投げ出され、床に突こうと差し出した両手を先頭に飛び込んで来る。

照明の光を反射して、夢村の目の前で大きな長方形が輝いた。その長方形を作り上げる紐の始点は、夢村を挟む二つの机のうち左側にある机の一本の脚だ。紐はまず始点の机に付属する椅子のキャスターに踏まれ、そこから床を這うように伸ばされると、向かい側——つまり右側の机に付属する椅子のキャスターにも踏まれる。椅子の下を通過した後、紐は直角に折れ曲がり真上へ向かって伸びていくが、すぐに再び九十度向きを変えて今度は椅子の座面上を這う。座面を通り過ぎて通路に出た紐は、ちょうど床から座面までの高さだけ上方を引き返していく。やがて紐は左側の椅子の座面に載り、九十度の方向転換をまた二回繰り返してコの字型の軌道を描くと、左右両方の椅子のキャスターに再び踏まれながら床を這って通路を横断し、最終的に右側の机の脚に結びつけられる。二枚の座面と二つのキャスター。合計四か所で支えられたビニール紐の長方形が、肩幅に開かれた夢村の両腕を待ち構えていた。

僕は夢村の指の先が床に到達する寸前、鮮血を流し続ける左手で二本の紐を引っ張った。椅子がずれ動き、頂点の支えを一挙に失った長方形は楕円へと変化する。僕の右手には、既に最後の紐が握られていた。その紐の先は、今や夢村の両手を内部に収めたかつての長方形の、上側の辺の中央に固く結びつけられていた。

床に倒れ伏した夢村の両手首を、ビニール紐の輪が手錠のように縛り上げていた。輪は二本の机の脚、そして僕の右手の三点から容赦なく引き絞られ、さらに小さく縮んでいく。血流を妨げられて赤く変色した十本の指が、苦しげに空を掻いた。

三つ編みにしたビニール紐を何重にも右手に巻きながら、僕は机から下りた。血に塗れたカッターナイフを事務机の下に蹴り飛ばし、夢村の頭の先で宙に浮いた手を念入りに締めつける。夢村は拘束から逃れようと腕を振り回したが、細い紐が肌に食い込む痛みに耐えきれなかったのか、やがて大人しく手首をだらりと曲げた。

「休むのはお前の方だ」

返事はなかった。僕はビニール紐を持ち上げて、夢村の机の脚に結んで固定しようとし……突如右手を襲った力に身を硬くした。

夢村は体重を乗せて手首を真下に引きながら、身体をくの字に曲げてがたがたと震わせ始めた。発作でも起こしたのかと疑ってしまうほど異様な動作。僕は何となく、昔見た水族館のオットセイを思い出した。

反応が間に合わず、紐を巻きつけた右手が高度を一段落として床に接近する。そのとき、激しく揺すられる夢村のスーツの胸元から、細長い革のケースが滑り出た。赤を通り越して赤黒くすら見える夢村の手が素早く振動を止め、その茶色い塊を正確につかみ取る。引き剥がすように開けられたケースから現れたのは、独特な銀色の光沢を持つ――。

僕が右手に持った紐を捨てて飛びすさった直後、金属の放つ反射光が一閃した。緩んだビニール紐を数秒と掛けずに容易く切り落とした夢村が、肩を上下させながら起き上がる。その手に握られていたのは、刃渡り十センチは優に超えるであろうサバイバルナイフだった。

「私は侮っていたようだ。そう、すっかり侮っていた。所詮は普通の高校生。実験材料になることはあっても、危険因子となることなどあり得ないと。……だが、君は違う。君は普通の、正常な人間ではない。教団の崇高な使命を妨害する重大な脅威になり得る」

唇を舌で舐め上げながら、夢村が語りかけるように言う。

「私は教団という家族の一員として、教団に刃向かう脅威を排除しなければならない」

右足を左足の後ろに下げて回避する。ナイフの切っ先は僕の肩をかすめ、ブレザーの生地を切り裂いた。次に何かする間もなく腹に強烈な一撃が加えられ、身体が勝手に左手の壁の方へ後退していく。蹴られたと気づいたときにはもう、壁際に追い詰められた僕の胸に尖ったナイフの先端が迫っていた。外傷から来る苛烈な悪心に朦朧としながら、その場に座り込んだ。頭上で風切り音が鳴り響く。かわせた。安堵しかけた僕の首を、まだ赤みの残る夢村の手が正面からつかみ、木目調の壁に押し付けた。

「う……」

「さようなら、街端君。君のように特別不幸な人間には、是非とも幸せになってほしかったんだがね」

サバイバルナイフに特有の鋸刃が、白い光を受けてぎらぎらときらめく。首を絞められた僕は指の一本すら動かせないまま、倒れ込むように壁に寄りかかっていた。病的な輝きをたたえた灰色の目が僕の心臓に狙いをつけ、それを成し遂げるための凶器が構えられる。最期。僕はふとその声を思い出した。利発な声。快い声。醜い僕がついに応えられなかった、声。

「――先輩っ！」

夢村が横ざまに吹っ飛び、白髪交じりの頭を壁に激しく打ちつけて転がる。力を完全に失ったその手がさっきまで握っていた凶器は、僕の頸動脈をほんのわずかに外れ、深々と壁に突き刺さって小刻みに振動していた。

「大丈夫ですか⁉」

見上げた先には、机から取り外してきたであろう、金属製の引き出しを抱えた冷海さんがいた。

こんなに声を荒らげるところを見たのは、おそらく初めてだ。

「うん、腹に一発もらった、だけ、だから。……結局、冷海さんにも助けられちゃったよ。何一つ満足にこなせなくて、ごめん」

「そんなこと言ってる場合じゃありません！　いいから早く立ってください！」

肩を貸そうとする冷海さんに手を振って、僕は腰を上げた。腹の底からはまだ軋むような痛みがこみ上げてくるが、何とか歩くことはできそうだ。ガラスがひび割れた腕時計を見る。鍵を奪い終えた僕と囮組とが、事務室の前で合流するように約束していた時刻きっかりだった。

「街端君！」

「街端、無事か！」

開けっ放しになっていた事務室の扉から二人が駆け込んできた。

「辛うじてね……。冷海さんのおかげで生き残れたよ」

答えつつ膝をつき、気絶した夢村のジャケットの下をまさぐる。あった。簡素な黒いベルトに麻紐で結びつけられた、銀色の鍵。それはあまりにも地味に、ただ無造作にそこに存在していた。紐は何重にも固結びされていて簡単にはほどけそうにない。壁に刺さったナイフを引き抜くのももどかしく、僕はベルトの方を緩めて麻紐ごと鍵をつかみ取った。

……ついに、本当に、逃げられる。

紐に手首を通したときに感じた重みには、単なる金属片としての鍵の重量以上のものが含まれているように思えた。

「ちょっと！　手、どうしたの⁉」

三木さんが、僕の左手の甲に刻まれた傷に気づいたようだ。

「さっき切っちゃったんだ。そんなに深くはないから」

「鮮血滴らせてる状況で言われても、だよ！　ほら、手出して。応急手当だけでもしておかないと」

「う、うん」

勢いに押されて手を差し出す。三木さんはポケットからハンカチを引っ張り出すと、手際良く僕の手に巻きつけていった。ハンカチは薄手のすべすべとした生地でできていて、淡いピンク色の花柄というういわゆる女の子らしいデザインの品だった。

「はい。あとはなるべく心臓より高い位置に上げておいてくれれば、とりあえず平気だから」

「ありがとう。上手いね。本物の包帯を扱ってるみたいだった」

「怪我をしてからどうするかっていうのも、身を守るためには大事なの」

三木さんは得意そうに微笑んだ。

「先輩、もう火は消えていいます。いつ職員が戻ってくるか分かりません。早く行きましょう」

「分かった。先に一つだけやらせて」

僕はトランシーバーを口に寄せ、送信ボタンを押す。

「夢村から全職員へ。大至急体育館へ集合しろ。大至急だ。生徒は全員、自分の客室へ戻らせるように。以上」

事務室のすぐ外、入り口ロビーには何十人もの生徒や職員が集まっていた。生徒達の多くはソファに座り、騒々しく火災の様子などについて話している。これだけ多くの生徒がいれば、携帯電話を開いている人がどこかに必ずいるものだが、今は一人もいなかった。一方の職員達は気忙しく生徒達の間を歩き回っており、何人かの顔や服は煤で明らかに黒ずんでいる。幸運なことに、僕達が現れたことには誰も気づいていないようだ。

「生徒の皆様、客室へお戻りください。心配はございません。火災は消し止められました。生徒の皆様は、それぞれご自分のお部屋へお戻りください」

声の大きな中年の職員がアナウンスすると、ロビー全体がにわかに静けさを取り戻す。しかしそれも一瞬のことで、溜まっていた部員達は即座に会話を再開し、散り散りに各々の部屋へと帰り始めた。

「自然に……自然に、行こう。他の生徒に紛れれば怪しまれない」

僕の囁き声に三人ともさりげなく頷く。僕達は視線だけで周囲を警戒しながら、人で溢れ返るロビーを横切っていった。夢村に蹴られた腹部の痛みから、普段の半分くらいの速さでしか歩くことができない僕を、先頭を進む冷海さんが時折心配そうに横目で窺う。けれど結局、続々と体育館の方角へ向かう職員達が声を掛けてくることもなく、僕達はそのまま東端廊下へと滑り込むことに成功した。

廊下の中ほどの角を曲がると、そこには職員どころか生徒の一人すらいなかった。この周辺の部屋に泊まっている生徒がさっさと先に帰ってしまったのか、あるいはこの周辺の部屋が全て職員用の仮眠室だったのかもしれない。そして、そのがらんとした通路の最奥、最終目的地である裏口の扉が目前に迫っていた。扉の横に立って僕の方を向いた冷海さんが、励ますように再び深く頷く。一歩もう一歩と重い身体で床を踏み締める度に、隠されたドアノブがゆっくりと近づいて来る。

「……待て」

背後から氷のような声が響いた。誰かなんて確かめるまでもない。それでも思わず首を回してしまった僕の目は、変わり果てた夢村の姿をはっきりと捉えた。薄汚れて貧相さを増した鼠色のスーツに、頬を流れ下る一筋の血。壁に左手をついて全身をやっと支えながらも、右手はサバイバルナイフを万力のごとく握り締めている。爛々と光る細い目と、恐ろしいほどに持ち上がった口角が表しているのは、人間的な喜びの感情では決してない異形の何かだった。

「走れ！」

僕が声を張り上げると同時に、冷海さん以外の全員が廊下の終端へ向かって駆け出した。無理矢理にスタートを切った途端、内臓が断末魔の叫びを上げてのたうち回る。うずくまってしまいそうなほどの疼きが上腹部を襲い、額に脂汗が噴き出した。

その間にも、後方からは不規則に床を叩く靴音が追いかけてくる。逃げなければ。せっかくここまで来たんだ。あとほんの少しなんだ。だがいくら歯を食いしばっても、脚に入る力は弱々しいままだった。

刃物の作り出す、背筋を凍らせるような疾風が軽やかに吹き抜けた。柔らかい布が鋸刃に引っかかり、千切られるようにして裂かれていく悲鳴にも似た音。リュックサックを切られたのだ。

もう一度。速度を上げる暇もなく、勝利を宣言するような足音が真後ろで聞こえた。確実に、残忍に、僕自身を刺すための動作。リュックサックの布と同じく、僕の柔らかい皮膚を食い破るための——。

僕は息を止めて身を硬くした。

「……っ」

しかし、予想していた苦痛はやって来なかった。時間が止まったかのように、一切の音が通路から消える。つぶっていた目を薄く開けつつ振り返ると、そこに立っていたのは夢村ではなかった。

「良かった。間に、合った……ね」

「三木……ふざけたこと、するなら……先に、言えよ、な」

僕と夢村の間に、まず三木さんが立っていた。三木さんはまるで通せんぼでもするみたいに両手を広げ、泣きそうな表情で笑っている。一方の橋立君は夢村の右手前に立ち、両手を上げて何かをつかんでいるようだった。手の先はちょうど三木さんの身体で隠れていて、それが何なのかは分からない。

「ふ、二人とも」

夢村が、前方に突き出した腕を忌ま忌ましげに振り動かそうとする。

「おっと、それはだめだぜ。三木の努力を無駄にするのはおれが止める」

三木さんの健康的に膨らんだ唇の端から、赤い液体がすっと伝い落ちる。僕はそろそろと後ずさった。僕と三人の距離が開き、三木さんの身体の向こう側が垣間見えた。

鋭利な刃が、三木さんの背中に半分ほど埋もれていた。空気に触れているもう半分ほどの部分には、真っ赤に染まった橋立君の両手が据えられている。好戦的な鋸刃は橋立君の長い十本の指とほとんど一体化し、ぐちゃぐちゃに入り交じっていた。

夢村がまた、三木さんの筋肉からナイフを引き抜こうと肘を揺らす。しかし今度も、橋立君の両手がそれを許さなかった。

さっきよりも遥かに多い量の血液が、塊となって三木さんの口からこぼれた。その口は意識を失いそうになりながらも、少しずつ形を変えて僕に言葉を伝える。あのとき丸平君が言ったのと、同じ言葉を。橋立君もだ。今や肩をがくがくと震わせながら、同じ言葉を僕に伝えている。

二人から顔を背け、歩き出した。あらん限りの力を両脚に込めて進む。脳がそうしろと命令したわけではない。頭はまだ、立ち止まれという指令を出し続けていた。早く戻れ。早く戻って仲間を助けろ、この人でなしが……。

「先輩、鍵を！」

扉の前にたどり着くと、固まっていた冷海さんが目を覚ましたように言った。木目調に塗られたノブにマスターキーを差し込む。……半回転。簡素な音とともに、錠はひどく呆気なく開かれた。

身体で押すようにして扉を開け放ち、外の世界に一つ足跡を刻む。太陽の光、風のざわめき、混じり気のない透き通った空気。そこにある何もかもが新しく、生き生きとして見えた。

「来て！」

僕は冷海さんに呼びかける。廊下の向こうでは、夢村が腕を一心不乱に振り回していた。それでもナイフから離れない二人の身体が繰り返し壁に打ちつけられ、洒落た木目を血しぶきで染め上げていく。

「早く、冷海さん！　どうしたの⁉」

しかし、冷海さんは動かない。あと一歩で外へ出られる場所に立ち止まったまま、青ざめた顔で戸惑うように僕を見つめていた。これは何の冗談だ？　一体僕にどうしろって言うんだ？

「外れろ……外れろぉっ！」

橋立君がはね飛ばされ、壁際に転がって動かなくなった。黒かったブレザーの腕と前面は鮮やかな紅に変色し、いびつに切り裂かれた袖口からは何も突き出ていない。

「冷海さ……」

「――引いてください」

僕に向かって、小さな右手が伸ばされる。冷海さんの声は懇願するように震えていた。

「先輩。私の手を、引いてください」

「おらぁっ！　よし、取れた、取れたぞ……」

三木さんを振りほどいた夢村が、ぬらぬらと光るサバイバルナイフを両手で構える。革靴が血の海を蹴った瞬間、僕は冷海さんの手を取っていた。

全体重を掛けて、僕のそれよりも一回りは細い腕を強引に引きずり出す。二人一緒に地面へ倒れ込むと、僕は手を離して即座に身を起こした。夢村が髪を振り乱しながら突進してくる。間に合わない。夢村の靴のつま先が、外界と山荘の境界線を踏み越える——。

「ぐえぇっ！」

僕が蹴飛ばした扉に正面衝突し、夢村が潰れた声を上げて建物の中へ消えた。がむしゃらに扉に取り付き、再び鍵を取り出す。

普通の家の扉を開ける場合、鍵が必要になるのは外側から入るときだけだ。でも、この山荘は違う。外側から入ってくる人間を拒否する機構、そして……内側にいる人間を閉じ込めるための機構も備えている必要がある。

屋外側の鍵穴にマスターキーをねじ込み、無我夢中で回す。

後に残されたのは、夢村が滅茶苦茶にドアノブを動かし扉を叩く音だけだった。

「逃げ、きれた……」

僕は脱力した。全身の疲労が極限に達していた。もういいんだ。もう頑張らなくていいんだ。とても長い間緊張していた脳が、ついに本当の意味で弛緩する。硬い殻にこもってじっと身を守っていた蛹が、春を迎えて元いた幸福な地上に舞い戻るかのような気分だ。

「冷海さん、立てる?」

「はい……」

僕達は二人してよろめきながら立ち上がり、外の世界を眺めた。一車線の古びた舗装道路が目の前を横切り、それに寄り添う形で電線が伸びている。道沿いに茂る木立の向こう側には民家が点々と覗いていた。

「早く人を見つけて、警察を呼んでもらわないと。皆が危険にさらされているかもしれない」

「そうですね」

連れ立って歩き始めようとしたとき、道のカーブの先から住民らしき初老の男性が二人現れた。僕は飛び上がりそうになるのを必死でこらえる。とてつもない幸運。渡りに船だ。

「す……すみませーん!」

その二人は僕の呼びかけを聞いて足を止める。手を振って呼ぶと、不思議そうな顔をしながらも並んでこちらに歩いてきた。

「学生さん? どうしたの、こんなところで? 怪我もしてるみてえだし……」

「すぐそこの山荘から逃げて来たんです! 警察を呼んでください! 窓に鉄格子が嵌まってて、玄関の外にもコンクリートの壁が造られて……僕達以外にも、まだたくさんの学生が閉じ込められてるんです！」

「……うーん、何だってぇ？」

「はぁ、閉じ込められて……？」

僕の必死の訴えに対し、返ってきた反応は全くの期待外れだった。二人して互いに目を見合わせ、さっぱり訳が分からないとでも言うように首をひねっている。何なんだ、この人達は。事件が起こっているから警察を呼べと言っているだけじゃないか。その妙に噛み合わない態度はわざとなのか？

不意に、道の方から自転車のベルの音が聞こえた。

「どうしましたかー？」

「あ、駐在さんじゃねえか。ちょっと頼まれてくれないかい？　ここに変なことを言う学生さんがいてよ」

変なこととはひどい言い草だ。どうもこの住民らしき二人は、僕の言うことをはなから信じていないらしい。どれだけ平和ボケしているんだ。けれど、そんなことは既にどうでも良かった。本職の警察官が来てくれたのなら、直接最寄りの警察署にでも連絡してもらった方が早い。

「駐在さん、そこの山荘に高校生が何十人も閉じ込められてます！　閉じ込めてるのは現幻教団で、変なガスを撒いて生徒達をおかしくしてるんです！　窓に嵌まってる鉄格子と、玄関を囲ってるコンクリートの壁、分かりますよね？　あれが僕達以外の生徒には見えてなくて、だから逃げることができな――」

「ちょ、ちょっと！　落ち着いてください。鉄格子に、壁？　何を言っているんですか？」

僕はもう、流石に苛立ちを隠しきれなかった。

「落ち着くも何も、僕はありのままを言ってるだけだ！　あの山荘を一目見ればすぐに分かるだろう、そのくらい！」

同時に後ろを振り向く。ほら、窓だ。正面玄関だ。あれを見てもまだ――。

「……ちが、う」

「ね？　そんな物ありませんよ」

「違う、違う！」

少し開けた草原に建っている山荘の姿は、夢村の机から盗み出したパンフレットに印刷されていた写真そのままだった。何の変哲もない無数の窓には鉄格子なんて一本も走っていない。何物にも遮られていない平凡な玄関ドアは、僕達がいる位置からでも容易に全体を見ることができる。

「ですから、でたらめを言うのはやめてもらえませんか。君、どこの高校？　生徒証ある？　住所は――」

警察官は露骨に不信感をにじませ、糾弾するような口調でまくし立て始めた。

「黙れ！」

ありえない。こんなのは何かの間違いだ。僕達は何度も何度も死線を越えて、いくつもいくつも謎を解き明かして、ようやくここまで逃げ延びてきたんだぞ？　危険な目に遭いながら教団の人間と戦って、命からがら施設から脱出したんだぞ？　それを今頃、あの恐るべき実験施設が素知らぬ顔で普通の山荘に戻っているだって？　そんなことが許されるはずがない。僕と冷海さんこそ無事でいるけれど、あそこにはまだ他の三人が……。

「そう、他の三人だ！　三木さん、丸平君、橋立君！　皆が僕のために戦ってくれた！　皆が僕を逃がしてくれた！　警察官のくせに、罪もない学生を見殺しにするのか！」

「あのね……誰ですか、それは。あと、質問に答え――」

「三木さんは護身術に長けてて、傷の処置も上手い！　僕の手も縛ってくれた！」

僕は左手を掲げ、きつく巻かれたハンカチを見やる。しかし、なぜだ？　何かがおかしい、何かが……。

違和感の正体に気づき、僕は叫びそうになった。手に巻きついている布は、可愛らしいピンク色のハンカチではなかった。灰色。灰色のハンカチ。僕がいつも使っているハンカチだ。

警察官も初老の男二人も、僕のことを唖然とした表情で見ていた。違う、これも何かの間違いだ。他にはないか。真実を照らし出してくれるものが、他に。

ポケットを引っ繰り返し、中身を地面にぶちまける。雑多な物体の山の中にある銀色の点に、僕は目を留めた。

「丸平君！　工作が得意で、紐のアイデアを思いつくヒントもくれた！」

マスターキーよりも小ぶりな銀色の鍵を拾い上げる。丸平君の部屋から出て行くときに回収して、そのまま渡しそびれてしまった鍵だ。この鍵のあった客室に丸平君が泊まっていた。それは揺るぎない事実だ。

これまでは気づかなかったが、鍵には小さなタグが付いているようだ。タグにペンで書かれた黒い文字を何気なく読んでみる。

『小備品庫Ｂ（塗料・溶剤）』

僕は乱暴に鍵を投げ捨てた。また間違いだ。丸平君が倉庫に泊まっているわけがないだろう。どいつもこいつも、寄ってたかって僕を惑わしやがって。次だ。こんなものじゃないはずだ。僕が求める正しい現実だけを伝えてくれるものがあるはずだ。僕は眼球をぐるぐると回して山を観察する。……あった。あったじゃないか。僕が求めていたのはこれだ。

折り畳まれた紙切れをつかみ、勝ち誇った声を上げる。

「橋立君！　僕達の頭脳だ！　この紙に書いてあるシフト表だって、全部橋立君が写してきてくれたんだ！　奴らの名前もたっぷり載ってるぞ。これを読んでもまだ……痛っ！」

シフト表が手の中から滑り落ちた。紙の縁で肌を切ったらしく、人差し指の腹に小さな血の滴が盛り上がっている。しかし、それも些細なことだ。僕は落ち着き払った態度で、墨を万遍なく塗り込んだかのように黒く汚れきった自分の手を眺める。僕の両手には既に同じような傷が何十個、いや何百個、下手をすれば何千個とついているのだ。今さら一つくらい増えたところで気にするものか。

笑いを噛み殺しながら紙片を拾い上げる。この中にはぎっしりと、橋立君のものである楷書の手本のような字が詰まっているのだ。この文字の一つ一つ、いや一画一画が、僕の主張を肯定する動かぬ証拠に――。

「……消えろ！」

僕は紙を握り潰し、地面に落として踏みつけた。変なものが見えたからだ。いつも僕が書いているような、神経質で弱々しい字が。どこまで世界は汚染されている？　どこから世界は狂っている？　正しい僕に力を貸してくれるものは何もないのか！

「君、いい加減にしなさい！　あまりふざけたことばかり言っていると――」

「ふざけてるのはお前達の方だ！　そうだ、分かったぞ！　お前達も全員教団の人間だな！　僕を陥れて闇に葬ろうとしてるんだな！　そうはいくか！　僕は負けないぞ！　最後には必ず正義が勝つんだ！」

「ちょ、ちょっと、離しなさい！」

「おい、駐在さん！　おかしいんじゃねえのかこの子⁉」

「とにかく押さえろ！　目つきが尋常じゃない！」

体中に他人の腕がまとわりついてくる。やっぱりか！　やっぱり教団の手先だな！　まさか施設の外にまで、教団の支配が広がっていたとは。でも、僕はお前らに負けるわけにはいかない。僕はヒーローでなければならないのだ。全力で教団と戦ってその正体を暴き、冷海さんを救い出すヒーローでなければならないのだ。

……そう、冷海さんがいるじゃないか！　最も簡単な証明を忘れていた。僕にずっとついて来てくれた冷海さんなら、誰がどう言おうと僕のことを疑ったりしないだろう。僕の努力と功績を認めて、頭のおかしくなった連中が分かろうともしない真実を示してくれるだろう。冷海さんは本物の希望であり最高の仲間だ。冷海さんが現実を見誤ることなどあり得ない。

僕はじたばたともがきながら、傍に立っている冷海さんの顔に期待の眼差しを向ける。

「冷海さん！　冷海さんは信じてくれるよね⁉　僕達は全部乗り越えてきたじゃないか！　いつだって一緒に頑張ってきたじゃないか！」

「……」

どうして何も言わないんだ？　冷海さんは何を考えているんだ？　いつもみたいに、こくりと控えめに頷いてくれるはずじゃなかったのか？

冷海さんの視線がわずかに動き、僕の視線と完全に重なった。

逆光で暗くなった目元。どんな色にも侵されず、何よりも純粋で透明な漆黒の瞳。その奥にあるものは、一体何だろうか。

悲哀？

憐憫？

疲弊？

失望？

諦念？

もはや限界だった。あらゆるものが壊れていた。救いなど、ここには一欠片だって存在しないのだ。

僕は絶叫した。

エピローグ

ナース服姿の若い女性が、昼食の載ったお盆をサイドテーブルに置いた。

「……あ、ありがとうございます」

僕が上目遣い気味に会釈すると、看護師も優しく完璧な笑顔を返す。

「ええ。どういたしまして」

看護師が個室を出て行き扉に外側から鍵を掛ける音を聞きながら、僕はゆっくりと味噌汁の入った椀を口に運んだ。

どうやらここは、国内でも五本の指に入る規模を誇る大学病院の精神科病棟らしい。らしいというのは、ここに来たときのことをよく覚えていないからだ。よく分からない注射を打たれ、朦朧とした状態で担ぎ込まれたような記憶だけが、うっすらと残っている。

もう飽きるほど見回した八畳ほどの部屋を、僕はまた見回した。四方の壁は全て清潔感のある白色に塗られ、置いてある家具といえばサイドテーブル付きのベッドくらい。南側には壁一面を埋めるほどの大きな窓がついているが、大体十センチ開けるとそこから先はてこでも動かなくなる。

それもそのはず、この病室があるのは閉鎖病棟の中なのだ。精神科の病棟には開放病棟と閉鎖病棟がある。開放病棟は他の科の病棟と同じく常に開放されていて、外来の患者や見舞い客などがしょっちゅう出入りする。一方の閉鎖病棟にいる患者は……まあ、有り体に言ってしまえば閉じ込められている。病棟の入り口が施錠されており、外部の人間が面会に来ることなども自由にはできない。ただ閉鎖病棟の内部であれば、基本的に患者は自由に動き回れるようになっている。個室から出て共同スペースで他の患者と会話をしたり、病棟内の売店で買い物をしたりすることもできるらしい。事情が少し異なっている僕だけは未だに個室から出られず、廊下を挟んで反対側にあるトイレに行くにも、ナースコールのボタンを押さなければならないのだけれど。この辺の情報は全て、いつも僕を診察してくれている老医師の話の受け売りだ。

空になった食器をプラスチックのお盆に戻し、枕元に置かれた携帯ラジオに手を伸ばす。看護師が差し入れにと持ってきてくれた物だ。他にも老医師が、共同スペースの本棚から適当な本を何冊か見繕ってきてくれたこともある。とにかく暇だけが敵の個室生活を送る僕にとっては、病院の親切な計らいがとてもありがたかった。ただし、本もラジオも毎日消灯時刻には回収されてしまう。流石と言うべきか、治療上必要な部分については抜け目がない。

「やあ、街端君。ちょっと話でもいかがでしょう？」

ノックの音とともに、深みのあるゆったりとした声が扉の外から発せられる。

「あ……はい。大丈夫です、先生」

僕は一旦手に取ったラジオを再びベッドに沈ませ、腕を引っ込めた。

「この部屋での生活も今日で三週間。時が経つのは早いものですね。……いや、個室に缶詰めにされている君にとってはそれほど悠長な話でもありませんか。この発言は撤回させてもらいます」

噂をするどころか、考えただけで影が差す。微笑みながら部屋に入ってきたのは、まさに僕を担当している老医師その人だった。ふさふさとした豊かな白髪に、長く伸ばされたこれまた真っ白な顎ひげ。丸眼鏡の向こうに見えるやや垂れ気味の柔和な目は、大聖堂に佇む司教のような雰囲気を漂わせていた。

「いえ、きちんとした理由があってのことですから。僕は納得しています」

「本当に手の掛からない患者さんですね、君は。私の方がすっかり申し訳なくなってしまいますよ」

先生は小脇に抱えた三本脚の丸椅子を床に下ろすと、ベッドの上で上体を起こした僕と向き合うように腰掛けた。

「今日は、街端君がこれまでに話してくれたことや私達の方で調査したことを総合して、言わば現時点でのまとめのような話をしたいと思います」

「まとめ、ですか」

先生の口元が静かに引き締まり、学者らしい知性の色をその目に宿す。

「私がこれからする話には、既に街端君が知っている内容も多分に含まれています。ですがもしかしたら、中には新しく君を悲しませるようなことや、不愉快にさせるようなことが含まれているかもしれません。聞いているのが辛くなったらいつでも言ってください。良いですね？」

「分かりました」

「それでは、始めましょうか。まず、君が私のところに来る原因となった主張……あの山荘が現幻教団の実験施設だったという君の一連の主張について、私達病院側は、そのほとんど全てが君の妄想の産物に過ぎなかったと結論づけました」

眉間に深くしわを寄せ、先生は不本意そうに告げた。

「理由は、以前から話しているものとあまり変わりません。他の生徒に聞き取りを行った結果、山荘内で君と一緒に行動していたという人物は、女の子一人しかいませんでした。君の発言に現れた、三木ちなみさん、丸平揚君、橋立悠一君という人物達と君が接触したことを示す客観的な証拠は、一切発見されませんでした。そして反対に、その三人の人物が行ったと君が主張する行為を、君自身が行ったのではないかと推測させる証拠が、警察から数多く寄せられています」

「……」

「したがって、君がその『三人』の言動を引用する形で証言している内容については、十分な信憑性が認められない、となったのです。例を挙げればきりがありませんが、いくつか挙げさせてもらいます。例えば、携帯電話。君と一緒にいた女の子はもともと携帯電話を所有していませんでした。だから君は、君以外の生徒が山荘内で携帯電話を所持しているかについて、何の情報も得られないはずです。けれど君は、教団が生徒達全員の携帯電話を取り上げたと考えました。これは明らかに君の思い込みです。君は自分が携帯電話を紛失したことに気づき、疑心暗鬼に駆られて妄想を働かせたのでしょう。教団が生徒達全員をバスの中で眠らせてから山荘に運び込んだという君の考えも、同様に否定することができます。山荘で目を覚ました人物として君が知っていたのは、君自身と例の女の子の合計二人だけです。その状態で話を生徒全員に拡大するのはいささか性急すぎます。加えて女の子の方は、君の質問に対し嘘の回答をしたと、その後の聞き取りで認めていますしね」

先生は、膝の上でやんわりと組んでいた手の指を組み直した。

「ガスが作用している生徒は、特定の現実を認識する能力を失い、また認識するための行為を避けるようになる——窓を開けることを拒否したり、玄関から出ることを拒否したりするなどですが――その主張も同様です。君はそういった情報の根拠を、先ほどの『三人』の発言に依存しています。その主張内容がたとえ事実であっても、現実には君がそれを知ることは絶対にありませんでした。ゆえに君がそれを主張するということはすなわち、君が単に頭の中でそういう事態を想像しただけということになってしまいます。さらに言えば、主張の最初の部分……つまり、自分達が閉じ込められていると君が考えた部分についても、私達は疑問視せざるを得ませんでした。窓や玄関の異常を感じ取った君は、即座に自分が監禁されていると考えましたが、その過程はかなり性急です。普通なら宿の職員に事情を質問してみたり、他の生徒にその異常を報告してみたりするでしょう。しかし君はそういう裏付けをまるで取らないまま、乏しい証拠を基に閉じ込められたことを確信しています。現実と嚙み合っていて筋道立っている部分も確かにありますが、突き詰めるとやはり道理に適っていません。私達はここにも、ある種の妄執的な傾向が表れていると判断しました。……街端君、大丈夫ですか?」

「はい。先生のおっしゃる通りだと思います」

僕ははっきりと頷いた。

「よろしい。次は、君が精神に来した変調について話しましょう。これまでに話したような君の考えの数々は、一般的に言われる被害妄想という症状によるものです。極度のストレス環境下で冷静な思考ができなくなり、自分が悪意を持って閉じ込められているという強固な妄想が形成されるに至ったのでしょう。原因については、ストレス以外に、街端君自身が元から持っていた気質なども関係していると思われます。この君の性格については以前も時間を取って話しましたので、今は割愛させてもらいましょう。……ですが、あくまでも原因の大部分は、当時の君の脳に対して外部から加えられていた非常に大きな負荷。それが私達の最終見解です」

話し続けていても、先生の語り口は決して先を急がない。人を何となく安心させるような口調が変わらずそこにあった。

「ここまでが、精神医学的見地からの話ですね。最後に、研究機関からようやく返ってきた検査結果についてです。化学的および生物学的見地からの精密検査の結果、現在の街端君には脳機能を含め、一切の異常が残っていないことが分かりました」

「それは……良かったです」

「ですから、特別に取られていた他の患者さんとの接触禁止措置も解かれることになります。以降は病棟内を自由に移動しながらここで治療を受けるか……あるいは、どうしてもという要望があれば開放病棟に移ることもできます」

「いきなり開放病棟に行けるんですか?」

「ええ。幸い、街端君の経過はすこぶる良好ですからね。会いたい方がいる場合、開放病棟に移れば簡単に面会することができますよ。誰か話したい相手などはいませんか?」

特には、と答えようとして、僕は口の動きを止めた。

「……います。冷海さんと、話したいです」

「ふむ」

先生の瞳が、レンズの奥からじっと僕の目を覗き込んだ。

「よろしい。では早速、明日から開放病棟に移れるよう手配しておきます。さて、今日は早いですがこの辺りでお暇しましょうか」

「ありがとうございました」

僕はまた、上目遣い気味に軽く頭を下げる。白衣が小さく翻り、丸椅子が宙に持ち上げられた。

「しかし世の中、誰も予想だにしないようなことが起きるものですね」

扉に手を掛けながら先生が穏やかに呟く。

「現実の出来事と全く無関係で突飛な妄想というのは、実のところそうありません。精神の病から来る妄想というのは、得てして論理的で筋道立っているものです。抱いている本人にとっては完全に、そして他人から見てもある程度は。ただ、こんな例は私も今までに見たことがありませんよ」

老医師は首だけで振り向き、病室に入ってきたときと同じ微笑を浮かべた。

「妄想と現実が、これほどまでに矛盾なく一致するなんてことはね」

◆◇◆◇◆

翌日、無事に開放病棟への移動を終えた僕は、窓口が開く時刻きっかりに受付へたどり着いた。

「……あ、あの、すみません」

「どうなさいましたか?」

「三一七号室の冷海瑞さんと、面会したいのですが」

「分かりました。こちらに記入してからお待ちになってください」

用紙に手早く必要事項を書き込み、近くにあったソファに深々と座る。まだ誰もいない寂しげな待合室には、テレビから吐き出される音声だけが延々と流れ続けていた。どのくらい待てば良いのだろうか。僕は太腿の上に肘を突き、ただぼうっと宙に目を向けていた。


……。

——さて。歴史に残る前代未聞の大事件となりました、現幻教団による毒ガス実験事件。本日はこのニュースを、今一度詳しく解説していきましょう。まずはこちらの写真をご覧ください。

事件の舞台となった山荘から逃げ延びた男子生徒の泊まっていた部屋の写真です。施設への突入直後に警察が撮影したものですね。文房具や紙切れが部屋中に散乱しているのが、お分かりいただけると思います。

……。

なるほど。それでは先生、この毒ガスは単体では効果を発揮しないということですね？

はい。この毒ガスを吸いますとですね、まず大脳にとてつもない負担が掛かります。意識をいじる薬ですから。これがいわゆるですね、ごく一部の生徒に見られた精神疾患様の副作用の原因ですね。えー、そしてガスが効いている人が眠りますと、その間ですね、その人は非常に暗示に掛かりやすい状態に陥ります。

だから現幻教団は、生徒達を眠らせるための催眠ガスを同時に用意していたんですね。暗示と言うと、催眠術のようなものですか？

まあ、俗な言い方をすればそういうことになります。あー、それでですね、この状態で他人に暗示を掛けられると、認識や……思考に、容易に異常を来してしまうんですね。

どういった異常を来すんでしょうか？

何でもありですね。目の前にある物でも、そんな物はないという暗示を掛けられれば本人には見えなくなってしまいますし、そのまた逆もあり得ます。今回の事件では、生徒が監禁の事実を感じ取りかねない物体……えー例えば、鉄格子、コンクリート壁などは見えないような暗示が生徒達に掛けられていました。

ええと、他に何か分かっていることはありますか?

はい。この毒ガスを使用する際に教団は、まあ、集団催眠と呼ばれる手法を使っておりまして。

集団催眠ですか。

仲の良い生徒達全員にまとめて暗示を掛けることでですね、周りの友人も皆同じ意見だ、という風に生徒達に思わせるわけです。周りの人間はおかしい、周りの人間よりも自分が正しい、という精神を崩すんですね。それによって、暗示の効力を高めていたと考えられています。

若者達の友情を悪用した、許されざる行為ですね!

ですからですね、例えばそうです。友人がまるでいないような生徒がもしいたとしたらですね、そういう生徒ほど暗示に掛かりにくかったかもしれませんね。はい。

……。

現場です！　今、今ついに、現幻教団の本部に警官隊が突入しました！　えー、毒ガス実験事件発生から三週間余り、ついに教団本部の強制捜査が始まりました。教団幹部の多くには、危険薬物の製造・所持や監禁等の容疑で逮捕状が出ています。逮捕容疑の中には、高校生達に対する違法行為のほか、信徒に対しても同様のガスを吸引させ犯行に加担させた疑い、また生徒を引率していた教師を別の場所に監禁した疑いなども含まれているとのことです。

……。

いやあ、もしも今回の事件で現幻教団の陰謀が表に出ず、毒ガスが将来さらに多くの被害者を出していたらと思うと、ぞっとしますよ。

ええ、全くです。

警察も初動でひどく手を焼いてましたもんね。まるっきり例の男子生徒の主張を信じていなかった。診察した精神科医が集団催眠の可能性を指摘していなかったら、生徒達は今頃どうなっていたことか。

こういう事件は前例が一つもありませんから。これほど信じがたい話は、流石の警察でもホイホイ受け入れられませんよ。

あなたは元刑事ですからそうやって警察を擁護しますけどね。国民から見ればこれは怠慢と言われても仕方ないですよ、怠慢と。

あなたこそただのタレントでしょう。あまり分かったようなことは言わないでいただきたいものです。それに今回は、地元の駐在と住民の一部までもが予め毒ガスを吸わされていたんです。さらには事件の直前に山荘が教団に購入されていただの、高校の校長が教団と繋がっていただの……最初の時点でここまで予想しろというのは、現実的ではありませんよ。

逆に考えれば、そこまでされても警察は気づいていなかったということです。いやはや、一歩間違えば日本の破滅は近かったかもしれませんね！　実は今も密かに、我々は毒ガスで洗脳されているのかもしれませんよ！

いたずらに不安を煽るようなことは言わないでください。現幻教団のやり方は結局、規模の拡大に堪えるものではありませんよ。現代社会の治安維持機構を舐めてはいけません。

……。

取材班はすぐさま、逮捕された夢村容疑者の地元へ急行！　高校時代の同級生に直撃取材を敢行した！

夢村容疑者はどんな生徒でしたか?

いえ、物静かで大人しくて、真面目な人に見えましたけど――。


……。


「街端さーん」

「……は、はいっ」

半分眠っていた意識が引き戻され、僕は弾かれたように立ち上がった。

「三一七号室へどうぞ」

◆◇◆◇◆

何度も唾を飲み込み、病室の扉の前を無意味に行ったり来たりすること数分。僕はついに意を決して、その白いスライド式の扉を控えめに叩いた。

「街端路人……です。面会、良いかな」

永遠にも感じられるほどの重い静寂を挟み、何とか聞き取れる程度の返事が聞こえた。

「どうぞ、入ってください」

扉の先。開かれた窓からうっすらと差し込む朝日に照らされた、ベッドの上。水色のパジャマを着た冷海さんは、普段通りの無表情を僕に向けて、ベッドの端にちょこんと腰掛けていた。

「お帰りなさい、街端先輩」

「……」

言葉が出なかった。僕は何を言えば良いのだろう。何を言わなければいけないのだろう。胸の奥が熱く、口を開いた瞬間、その場にへたり込んでしまいそうに思えた。妥協案を採って、僕はゆっくりと頷く。

「すみません、まだ着替えていませんでした。それと、椅子がないので私の隣に座ってください」

そう言い、左の手のひらでシーツを柔らかく叩く。

「えっと、良いの?」

「はい」

僕は緊張しながら、窓に背を向けて冷海さんの隣に腰を下ろした。すると、鼻孔が何やら甘い香りにさわさわとくすぐられる。

「何だろう、甘い……?」

「多分、そこに置いてある鉢植えです」

冷海さんの視線を追って、僕は部屋の角にある棚に置かれた二つの植木鉢を見つけた。広げた手のような形の葉が繁っているその上に、トウモロコシの果実を立てて、先を尖らせたような物体が一鉢あたり一つ載っている。片方は白く、もう片方は黄色いその物体は、どうやら無数の小さな花の集合体のようだ。

「ノボリフジ、もしくはルピナスという花です。この前、学校の園芸部の方がお見舞いに来まして。花壇で育てていた花の鉢植えを、入院している文芸部員全員の部屋に飾ってくれたんです。先輩だけは閉鎖病棟だったので、渡せなかったそうですが」

「嬉しいことをしてくれるんだね」

「そうですね。もう一週間もすれば念のための入院指示が解けて、私達や御山先生も含め皆退院していくことになるとは思いますけど」

僕は若干腰を浮かせ、奇妙な形の花に顔を近づける。急速に濃くなった甘い香りは明確な懐かしさを伴っていた。

「この香り……山荘でずっと嗅いでいたのと、同じ……」

「やっぱり、そうなんですか。昨日か一昨日にテレビで見ましたよ。現幻教団が使った毒ガスの匂いはノボリフジの花の香りに酷似している、と。ガスの主成分と香りの物質が構造的に似ているんだそうです。とは言え、別にこの花から毒が作れるわけでもありませんし、私は山荘でガスの香りを嗅ぐことができなかったので、よく分からないんですけど」

花から離れて元通りベッドの縁に収まる。ノボリフジのこびり付くような香りは、まだ鼻の周囲に漂っていた。

「冷海さんは」

僕は切り出した。

「他の部員と同じで、完全に暗示に掛かっていたの？　鉄格子にもコンクリート壁にもガスの香りにも、全然気づかなかったの？　僕の作り上げた幻覚でしかない三木さんや丸平君や橋立君のことなんて、さっぱり見えていなかったの？」

「はい」

全身の筋肉から力が抜けた。先生の話やニュースなどを聞いてほとんど確信していたが、改めて肯定されるとますます不可解に思う気持ちが膨らんでいく。

「それならどうして、僕の妄想に付き合ってくれたの？」

「……今にも、壊れてしまいそうでしたから」

冷海さんはぽつりと言った。静かで、しかし暗くはない、ただただ落ち着いた声音。

「初めて私に、閉じ込められていると伝えてきたときの先輩。突き放したら最後、崩れて壊れてしまいそうな顔をしていましたから。本当のことを言えば、私は先輩の言い分を信じてはいませんでした。先輩がその妄想を抱えたまま事件を起こしたりしないように監視しよう、と。そう企んで、玄関の外に出たことのなかった私は、先輩の意見に同意するふりをしました」

「そんなの……さっさと先生か誰かに言って、無理矢理大人しくさせれば良かったじゃないか」

「はい、その通りです。でも、そうしたら先輩は間違いなく病院行きです。私はあまり事を大きくしたくありませんでした。身近な人が突然狂い始めたという事態をどうしても信じたくないと、とっさに思ってしまったんです。私が先輩の様子を見ている間に、何とか先輩の精神が自然に回復してくれればと考えて……私はつい、先輩に付き合う方を選んでしまいました」

そう。しまいました、なのだ。冷海さんが僕に振り回される筋合いなんてなかったのに。

「危険なこともやったじゃないか。もし僕の妄想が妄想でしかなくて、攻撃した職員が何の罪もない一般市民だったら……冷海さん自身が逮捕されたかもしれないのに」

「そのときは、精神異常を起こした先輩に脅されて逆らえなかったと供述しようと決めていました。罪がそれほど重くなければ私は情状酌量で減軽あるいは不処分、先輩も心神喪失で不処分でしょう。私達は二人とも高確率で助かります」

「……ほ、本気で言ってるの？」

僕はまじまじと冷海さんの横顔を見つめた。

「半分くらい、です」

冷海さんは僕の内心の衝撃などどこ吹く風と、浅く首を傾げただけだった。

「でもだんだんと、私もあの山荘がどこか変だと思い始めたんです。先輩が妄想を見ていないという万に一つの可能性を確かめるために、窓を開けて手を突き出したり玄関の外を見に行ったりしようとしたこともありました。なのにどうしてか、やりたくない理由が色々と思い浮かんで実行できないんです。先輩の発言の真偽を確かめられない。不審だと思いました」

「そんなに色んなことを、ずっと前から既に考えていたなんて……」

僕はもはや、理解しがたいものを見るような目で冷海さんを眺めていた。

「さらに時間が経つにつれて、教団が暗示を掛けていない部分を中心に、ほんの少しずつですが山荘の化けの皮が剝がれ始めました。まず、裏口の扉のノブです。既に色が偽装してありましたし、そもそもあれが裏口の扉だと分かるはずがないと、教団は考えたんでしょう。私にもきちんと見えました。山荘のパンフレットもです。以前までの山荘と同じ山荘を演じるために持っていた資料だと思いますけど、見取り図の中の裏口を私の意識から消し忘れていました。ロビーにある見取り図からは消していたので、安心してしまっていたんでしょう。極めつけは夢村本人です」

「本人？　でも、冷海さんには夢村が御山先生に見えていたんだよね」

「私にとっては御山先生にしか見えない人が、山荘の職員にこう呼ばれていたらどうでしょう。……所長、と」

僕の口が自然と薄く開いた。

「そういうことだったのか」

「はい。先輩と一緒に色々な場所へ行くうちに、本当なら聞けなかったはずの夢村と職員の会話をたくさん聞きました。鍵を奪うための二回目の計画を立てる頃に、私はもう確信していました。誰かは分からないけれど、『御山先生』は御山先生じゃない。何かは分からないけれど、何かが山荘で起こっている。だから先輩と一緒に全力で逃げなくては、と」

言い終えると冷海さんは、短く息をついて呼吸を整えた。

「冷海さんは……いや、僕は、冷海さんのそういう判断がとても分からないよ。もちろん良い意味でだよ。すごく賢いし、理屈は通ってる。けど、そこまで長い間証拠を集めながら冷静に方針を修正していくみたいな、そんな……徹底的なこと、僕には到底できやしないし。どうして……」

「私、信じていたんです」

冷海さんの手がすっと上がり、最初から整っていた前髪を二回、三回と撫でつける。

「私は先輩と——最低でも、白か黒かを決めかねたときに先輩を信じられる程度には、深い関係を結べているはずだと。だからずっと、考えるのはやめませんでした」

「……」

僕達は並んでベッドに座ったまま、しばらく何も言葉を発さなかった。決して、居心地の悪い沈黙ではなかった。

「……じゃあ、僕の作り出した三人の仲間の妄想は、さぞ冷海さんの推理を滞らせただろうね」

「あれは先輩にとって絶対に必要な、戦うための手段でした。それだけです。文句を言う資格なんて、私にはありません」

冷海さんは不意に立ち上がると、ベッドの下からダンボール箱を取り出した。しなやかな手が、茶色い地味な箱の中身を順番にベッドの中央へ並べていく。中身がシーツをくすんだ色に汚していくのもお構いなしだ。

一冊目は、『身体防衛の基本』。背後からナイフで一突きにされたかのように、裏表紙の中心から表紙に向かって深々と刺し傷が残っている。

二冊目は、『身近な道具でラクラク罠作り』。床に倒されて踏みつけられたかのように、くっきりとした靴跡が裏表紙に刻み込まれている。

三冊目は、『捨てられ館からの脱出』。ナイフの刃に横から食らいついたかのように、巨大な切れ込みが背表紙を上下に両断している。

そのどれもが大量の紙くずを傷口から血のように流しながら、にじんだインクと咲き乱れるような手垢の幾何学模様に塗れ、何百回と読み直されたように鈍く黒々と光っていた。

「……弁償だね」

「流石に、請求は教団の方へ行くんじゃないでしょうか」

もっともだ。

「先輩。私はむしろ、先輩が仲間を作り出してくれて、良かったかもしれないとすら思っています」

「どうして？」

「三木ちなみ先輩、丸平揚先輩、橋立悠一先輩」

冷海さんは全員の名前をフルネームで暗唱した。冷海さんは聞いたことがないはずの、下の名前も含めて。

「全員、街端先輩と同じ学年の文芸部員です。確か三人とも、部活動でいつも先輩が座る机のすぐ後ろ辺りに集まっていましたよね。賑やかに話しながら、出かける計画などを立てていましたよね。私達が山荘を抜け出そうとしていたときには、残念ながら他の生徒達と同様に幻覚を見せられていましたが」

再び冷海さんがベッドに体重を預け、三冊の本がまた少し紙くずを吐いて波打つ。

「三木さん、丸平さん、橋立さん。三人と話しているときの先輩は、本当に、心の底から楽しそうでした。三木さんの腕前を、丸平さんの技術を、橋立さんの頭脳を本気で尊敬しているようでした。三人と信頼し合いながら物事を成し遂げるのが、素晴らしいことだと確信しているように思えました。私は先輩の口から三人の苗字しか聞いていません。ですがもしも、先輩の見た三木さんが三木先輩で、先輩の見た丸平さんが丸平先輩で、先輩の見た橋立さんが橋立先輩だったら——それはつまり先輩が、友達なんていてもいなくても結局は同じ、とは到底思えていないことの証拠になるんじゃないでしょうか」

「ま、待ってよ、そんなわけ……僕は、そんなこと、全然、僕は平気で、十分一人で、生きていられて、辛くも、なくて」

意味を成さない単語の羅列が喉笛から濁流のように押し出される。目を見開きうつむいた僕を置き去りにして、冷海さんが窓際に歩み寄った。

「それでも、先輩の気持ちは動かないんですか」

突然胸に走った激痛とともに、目の前の風景が明滅した。まぶたの裏を熱い火花がほとばしる。ゆっくりと目を開いた。今度は違う。街端路人の背中はどこにもない。僕が街端路人だ。

飾るな。

柔らかなベッドから跳ねるように離れて、窓の外に目をやる冷海さんの後ろ姿に向かって告げる。

「僕は弱いんだ」

出し抜けに言う。

「だからいつも、ごまかして逃げることしかできなかったんだ。真剣に考えるのが怖くて、何もかも押し殺して耐えてきたんだ。僕は大丈夫だ。無視していれば良いって」

現実は、現実に挑む者を称えてくれなどしない。

事務室で聞いた無機的な声が蘇る。けれど、僕はあの山荘で、もう嫌と言うほど見てしまったのだ。押し殺して押し殺して、押し殺しきれなくなって殺される人間の姿を。

「でも、きっと違う。絶対に違う。間違いなく違う」

そうして逃げることは、僕を痛いほど大切に思ってくれる冷海さんに——。

……いや、飾るな。正しくは何だ。

「そうして逃げることは——僕が痛いほど大切に思っている冷海さんに対して、失礼だから」

冷海さんが振り返る。僕はその視線を正面から受け止めた。

「どうして僕が教団の唱える真理に惑わされなかったのか、今になって分かったよ。僕は既に、教団なんかよりもずっと勇気のある後輩の女の子を、崇拝していたからなんだ」

緊張の面持ちをふわりと緩め、どこか呆れたような、どこか面白がるような口ぶりで冷海さんがたしなめる。

「……その子は神様じゃなくて人間ですから、崇拝されてもあまり喜ばないと思いますよ。もっと普通の信頼を寄せてあげてください」

窓の外、高い高い空で雲が切れた。

「うん、安心してよ。とんでもない遠回りをして、ようやく気づいたから。……いや、多分もっと早くから気づいていたんだ。ただ気づきたくないと思っていただけで」

朝日がきらめきを増し、僕達の足元に降り注ぐ。

「冷海さんは多分——ずっと前から、僕の目的だったんだ」

大きな二つの瞳の奥底に光が満ちた。笑えなくてもできることはある。やっぱり、冷海さんは嘘をつかなかった。

僕は笑う。

冷海さんは笑わない。

開け放たれた窓から流れ込んだ春風が、わずかに残っていた甘い香りを吹き散らしていった。

著者プロフィール
田畑 農耕地（たばた のうこうち）
1997年、東京都生まれ。東京農工大学農学部卒業。
2019年、第４回草思社・文芸社Ｗ出版賞文芸社金賞を受賞。
本書がデビュー作となる。

壮途の青年と翼賛の少女

2020年８月15日　初版第１刷発行

著　者　田畑 農耕地
発行者　瓜谷 綱延
発行所　株式会社文芸社
〒160-0022　東京都新宿区新宿１－10－１
電話　03-5369-3060（代表）
03-5369-2299（販売）

印刷所　図書印刷株式会社

ISBN978-4-286-21699-7